Level gacha
レベルガチャ
～ハズレステータス『運』が結局一番重要だった件～
皇雪火
illustration
夜ノみつき
TOブックス

イラスト：夜ノみつき
デザイン：木村デザインラボ

執念の果てに

「これで96匹、こいつで97匹」

いつものように、ダンジョンでスライムを狩る。

ここは、ダンジョンナンバー777。通称『アンラッキーホール』。

地球にダンジョンが出現し始めて、7年目に発生した一層だけの洞窟型ダンジョンだ。

ここに出るモンスターはたった1種類のみ。そう、先ほどから倒している、世界最弱と名高い『青色スライム』だ。魔法も使わなければ、打撃に対してもめっぽう弱く、時折飛び掛かってくる事さえ気を付ければ子供でさえ容易に倒せてしまうモンスターだ。

地球にダンジョンが発生した最初の年は世界各地で大混乱が巻き起こったが、7年目となればどの国も対応は非常に落ち着いていて、それまでに培ったノウハウも相まって各ダンジョンを詳細に調べ上げる余裕もあった。ここは、そのナンバーから来る物珍しさと、ボスが存在せずモンスターも1種類だけという特殊な環境に「何かある」と思った冒険者や研究者で当時は大いに賑わった。けど、今では閑古鳥の鳴く非常に不人気なダンジョンとなっていた。

そんなダンジョンに、俺は高校を卒業してからの3年間、ずっと通い続けている。

最初に通い始めた理由は、まともに倒せるモンスターがスライムしかいなかったからだった。

ダンジョンが出現して以降、全ての人類は自身の『ステータス』を閲覧する能力を得た。

ステータスの項目は全部で7種類あり、それぞれ『腕力、器用、頑丈、俊敏、魔力、知力、運』に分けられる。

一部のステータスは運動をしたり芸術の感性を伸ばしたりすることで補強できるが、一番の成長方法はモンスターを討伐して『レベルアップ』することだ。そうすることで基礎能力値を大幅に伸ばし、その際に獲得できる『ＳＰ《ステータスポイント》』を使用して好きな能力をブーストすることでどんどん強くなれる。

ただし『運』だけはレベルを上げても成長せず、『ＳＰ』を消費することでしか成長が出来ない。

「98匹、99匹。……ふぅ、ちょっと落ち着こう。ここに来るといつも緊張するな」

だけど俺の場合、最初の『ステータス』も、レベルアップで得られる能力値増加も、『ＳＰ』も、何もかも人と比べて少なすぎた。

まず、健康的な成人男性の基礎的なステータスは、どれも5～10ほどはあるが、俺は全てがそれ以下だった。確かに勉強も運動も得意かどうかで言われると苦手だったが……。

次に、レベルアップ時に増加する各種ステータスも、他の人は各種ステータスが毎回1～5ずつ伸びるところが、俺だけ全て1ずつしか増えなかった。

最後に、レベルアップ時に獲得できる『ＳＰ』も、普通は5～8は貰えるはずなのに、俺の場合はたったの2しかなかったのだ。

そんな俺では、スライムの次に弱いと言われていたゴブリンでさえ、他の人達と比べて倒すのに数倍の時間を要してしまうのだった。

そしてこの3年間、スライムを狩り続けた俺のステータスがこうだ。

＊＊＊＊＊
名前：天地《あまち》　翔太《しょうた》
年齢：21
レベル：31
腕力：34
器用：34
頑丈：34
俊敏：34
魔力：32
知力：32
運：60

スキル：無

＊＊＊＊

俺の『器用、頑丈、俊敏』の3つは初期値がたったの4しかなく、『腕力、魔力、知力、運』に至っては全て2しかなかった。なので俺は、レベル1から2に上げた際は、ポイント2つを腕力に回して、攻撃力を上げる事にした。

それでもゴブリンにすら満足に勝てなかった俺は、ひたすらスライムを狩り続けた。

少し自棄になるが、レベル31の一般的なステータスと比べてみようか。

基礎ステータスは平均の7。成長値も平均の3。『SP』も平均の6としよう。

＊＊＊＊

レベル：31
腕力：100
器用：100
頑丈：100
俊敏：100
魔力：100
知力：100
運：7

SP：180
＊＊＊＊＊

改めて見比べても、酷い有様だ。

ここから更に『SP』の180を好きなステータスに割り振れるというのだから、俺がどんなに逆立ちしたところで同レベルには勝てないことが分かる。

そうして7年も経過すれば、ある程度このステータスについても情報が出回って来る。その中でも、一際俺の未来を暗くした話があった。


『成長値は減る事はあっても、最初の数値から増える事は有り得ない』


だそうだ。

この話を聞いた時、俺は絶望した。冒険者の仕事に就くのは、夢のまた夢だと。けれど、こんなステータスじゃ、冒険者を諦めたところで一体どこの企業が拾ってくれるというのか。

ステータスがその人のパーソナルデータとなったこの世界では。

そんな俺が、この現状を打破するには、レベルを上げるしかない。そう思ってスライムを狩り続けていたある日、俺は気付いたんだ。

このダンジョンのとある秘密に。

それは『ダンジョンに入ってから連続でスライムを100匹討伐』した際に、確率で別種のスライムが湧くという事だ。

「……よし、100匹目！」

今日も今日とて、祈る様にスライムを倒す。

すると、ダンジョンに取り込まれ、煙となって消えゆくスライムの代わりに、別のスライムが現れた。

「よしっ、『水色スライム』だ！」

実際にはそんなモンスターはいない。初めてその存在を知覚した際、世界中のモンスター図鑑を漁ったが、水色のスライムなんて存在しなかったのだ。だから、安直にそのままの名前を付けてみた。

この法則に気付いてからは、『死にステータス』と言われていた『運』だけを『SP』を使って徹底的に上げ続けた。『運』を上げても実力は何も変わらないため、レベルアップ時に増加していく微々たるステータスでしか戦いは楽にならないが、それでも『運』を上げた分だけ、『水色スライム』に出会える確率が上がったように感じたのだ。

この情報を公開すれば、うだつの上がらない俺でも一躍時の人になれるかもしれない。

そんな誘惑が俺にもあったが、すぐにその考えは振り払った。なぜならそれをした瞬間、俺の狩場は見知らぬ誰かに……そしてこの先を誰かに取られてしまうからだ。

いつものように『水色スライム』を切り払う。今の『運』になってからは、『100匹ルーティーン』をした際に、5回中3回くらいの確率で出会えているのだ。さして珍しくもない。

『水色スライム』が消えた先、別のスライムが現れた。

「よし、『緑色スライム』だ!!」

こいつは今の『運』になってから、『水色スライム』討伐後、10回中3回くらいの確率で出会えている気がする。

俺は、この先の限界を知りたい。ここは俺だけの狩場で、誰からも見捨てられたダンジョンだ。だから、このダンジョンの秘密は俺が暴く！　一番手は俺だ。絶対に他の奴らに渡したくない！

スライムは色が変わったところで強さは同じらしく、鈍い動きをする『緑色スライム』を切り捨てる。

そうして『緑色スライム』討伐後、20回中2〜3回程度でしか出会えない真っ赤に燃えるような『赤色スライム』。

『赤色スライム』討伐後、10回中1回あるかないかといった確率でしか出会えない『紫色スライム』。

『紫色スライム』討伐後、稀にしか出会えない『白色スライム』。

『白色スライム』討伐後、極稀にしか出会えない『黒色スライム』へと、変化していく。

「黒色なんて半年ぶりだ。ははっ、手が震える。……頼む、頼む。出てくれ、次のスライム……！」

挑戦回数たったの6回しかない黒色に、両手を合わせてから討伐する。黒色討伐後に出現する、特有の黒い煙が立ち込め、その後ろで何かがモゾモゾと蠢いた。

「な、なんだ……？　虹色!?」

そこには、虹色のスライムがいた。

虹色に輝くモンスターなんて、スライムどころかどんなモンスターでも存在を確認できていない。

こんなの、世紀の大発見じゃないか！

「写真を……いや、レアなモンスターは逃げ足が速いと聞く。相手はスライムだけど、ここまで来たんだ。絶対に逃がさない。喰らえ！」

今までと同じように、何万回と繰り返してきた攻撃を行う。

するとスライムは、いつものように避ける素振りを見せずに、簡単に切り裂かれた。

「相変わらずの無抵抗だったな……。やっぱりスライムは皆そうなのかな？」

虹色スライムは、その色の通り虹色の煙を上げて消えていく。

その煙が消えた時、輝く珠が『コトン』と音を立てて床に落ちた。

「……え？　スキルオーブ!?」

スキルオーブは、レアなモンスターが稀に落とすか、高難易度のダンジョンでしか見つからない貴重な珠だ。使用する事で刻まれたスキルを獲得する事が出来るんだが……まさか俺の努力が、こんな形で報われるなんて！

ダンジョンが出現して10年経つが、その希少性は失われてはいない。どんな能力であれ、売れば大金持ちも夢ではないかもしれない。

だけど、このオーブは俺が1人でここまでやり遂げた成果でもある。誰にも渡すつもりはなかった。

俺は、このオーブを迷わず使用した。

【スキルオーブを使用しますか】

「使用する！」

【スキル「レベルガチャ」を獲得しました】

その代償は

「レベル、ガチャ？」

見た事も聞いた事もないスキル名に、目を疑った。

だが、目の前に表示されたステータスボードには、確かに【レベルガチャ】と表記がある。

こんなギャンブル染みたスライム狩りに身を投じる馬鹿野郎な俺だ。「ガチャ」が何かくらいよくわかる。だが、「レベル」と付くからには……。

【レベルガチャを使用しますか？】

「……試してみなきゃわかんないよな。使用する！」

『ガコンッ』


何もなかったはずの空間に、突如としてカプセルトイマシーンが現れた。

お金を入れてレバーを回せば、中からカプセルが出て来て景品がもらえるアレだ。

だけどそこにあるのは、普段おもちゃ屋で見かけるような物とはいくつか異なっていた。まずお金を入れるところがない。その代わりに大きなボタンが2つ備わっていて、そこには『1レベル』と『10レベル』と書かれていた。

商品の中身が記載されているのであろう正面の張り紙には、こう書かれていた。


『所有者のレベルを消費して豪華景品をゲットしよう！』

『1回ガチャはRランク以上が出ます』

『10回ガチャはSRランク以上が確定で1個以上出ます』

『ボックスの残り100／100』


「100個も入っているようには見えないが……」

張り紙の向こう側にあるケースは、半透明になっていて中身がよく見えない。

いや、それよりも。

「なんだ、これは？」

ダンジョンが出現して早10年。世には様々なスキルや魔法が発見され、それにより科学文明は大きく発展して来た。

だけど、これは今まで見てきたものとはまるで異なる。

「……考えるだけ無駄か。結局、スキルなんて常識の外にあるものなんだ。使ってみなければ理解のしようなんてない」

ではまず、どちらを回すべきか。

現在の俺のレベルは31。初期レベルが1であったことから考えても、1以下にはなることはないだろう。

けど、このレベルは3年間の努力の結果でもある。特に20から30に上がるのに、1年半……いや、2年近くかかった。それがたった1回のボタンで、消え失せる……？

自然と「1回ガチャ」と明記された方のボタンへと手が伸びるが、指が震えた。

「けど、小数点以下の確率を引き当てるのに、3年も要したんだぞ……？　そんな俺が、単発ガチャを引いて、たったの10回でSR以上を引き当てられると思うのか？　……思わないね」

確率も記載されていない以上、馬鹿な真似は出来ない。ちなみにここで「引かない」という選択肢は、俺には無かった。

指の向きを変え、「10回ガチャ」へと伸ばす。

「どうせ無駄にするのなら、派手に使わなくっちゃな！」

『ぽちっ。ジャラララララ』

謎の演出音と共に、マシーンから10個のカプセルが出てくる。

その色は、青色が7つに、赤色3つだった。

「どっちがどっちだ……？」

色違いが複数出てきたことは素直に嬉しいが……。まずは数が多い青色の方から開けてみる事にした。

『R　腕力上昇＋3』×2
『R　腕力上昇＋5』
『R　器用上昇＋3』
『R　頑丈上昇＋3』
『R　俊敏上昇＋5』
『R　魔力上昇＋5』

「ステータス永久増加のアイテムか！　しかし、これは……どうなんだ？」

中にはそれぞれの効果が記載された、輝く珠が入っていた。スキルオーブに酷似しているが、モンスター討伐や宝箱開封などでたまに出没するアイテムで、オークションなどでもよく見られる代表的な物だ。

もちろん、このダンジョンに宝箱はなく、レアなモンスターはあの色違いスライムのみ。そのようなアイテムが出現した事は一度もない。

青色の数からみて、これが『R』なのだろう。

確かにステータス永久増加のアイテムは珍しいし、＋3はさておき＋5に関しては1レベル分は先に進めるということもあって、かなり高値で取引されていたはずだ。

＋3と＋5の違いは、一番下である『R』の中にも当たり外れがあるということだろう。

だが結局の所、この結果は良いのか？　それとも悪いのか？

それを確かめるためにも、俺はステータスを確認することにした。

＊＊＊＊

名前：天地　翔太
年齢：21
レベル：21
腕力：24

器用：24
頑丈：24
俊敏：24
魔力：22
知力：22
運：60

スキル：レベルガチャ
＊＊＊＊＊

「……あれ？　『ＳＰ』で使用した『運』が、減っていない？」

レベルアップで上昇した、レベル10分の各ステータスの値は、文字通り10ずつ減っていたが、その間に得られた『ＳＰ』を使って成長させた『運』の数値はそのままだった。

ここに先ほどの増強アイテムを使用してみる。

＊＊＊＊＊
名前：天地　翔太
年齢：21

レベル：21
腕力：35（＋11）
器用：27（＋3）
頑丈：27（＋3）
俊敏：29（＋5）
魔力：27（＋5）
知力：22
運：60

スキル：レベルガチャ
＊＊＊＊

「このレベルでこれは……。いや、一般的な数値には程遠いけど、それでも今までの俺と比べればかなり違う。腕力に関しては、31の時よりも高いぞ。……ああそうだ、赤色のカプセルが残ってたんだった」

足元に転がっていた赤色を手に取る。よく見れば、青色のカプセルはいつの間にか消えてなくなっていた。

「ゴミを出さないカプセルか。便利だな」

そんな暢気《のんき》なことを呟きながら、それぞれの開封作業を進めた。

『SR　腕力上昇＋10』
『SR　スキル：鑑定Lv1』
『SR　スキル：身体強化Lv1』

「ス、スキルまで得られるのか⁉」
早速使用してステータスを確認する。

＊＊＊＊

名前：天地　翔太
年齢：21
レベル：21
腕力：45（＋21）
器用：27（＋3）
頑丈：27（＋3）
俊敏：29（＋5）
魔力：27（＋5）

知力：22
運：60
スキル：レベルガチャ、鑑定Ｌｖ１、身体強化Ｌｖ１
＊＊＊＊

「なんだよこれ、こんなの使い得じゃないか。……ふふ、ならあと20回分は回せるな」

俺は迷うことなく、「10回ガチャ」を２回押した。

結果は、青色16個。赤色４個だった。

『Ｒ　腕力上昇＋３』×２
『Ｒ　腕力上昇＋５』
『Ｒ　器用上昇＋３』×２
『Ｒ　頑丈上昇＋３』×２
『Ｒ　頑丈上昇＋５』
『Ｒ　俊敏上昇＋３』×２
『Ｒ　俊敏上昇＋５』
『Ｒ　魔力上昇＋３』×２

『Ｒ　魔力上昇＋５』
『Ｒ　知力上昇＋３』×２
『ＳＲ　頑丈上昇＋10』
『ＳＲ　俊敏上昇＋15』
『ＳＲ　スキル：鑑定妨害Ｌｖ１』
『ＳＲ　スキル：身体強化Ｌｖ１』

全てのアイテムを使用し、自分のステータスを強化した。

＊＊＊＊

名前：天地　翔太
年齢：21
レベル：１
腕力：36（＋32）
器用：13（＋９）
頑丈：28（＋24）
俊敏：35（＋31）
魔力：18（＋16）

知力：8（＋6）
運：60
スキル：レベルガチャ、鑑定Lv1、鑑定妨害Lv1、身体強化Lv2
＊＊＊＊＊

「ガチャからは同じスキルが出る事もあって、組み合わさるとレベルが上がるのか。そう言えば高レベルプレイヤーのスキルが一部公開されていたけど、そこにもスキルレベルなんてものがあったな」

目の前に鎮座するカプセルトイマシーンを見る。

そこに記載されている文言を改めて注視する。


『所有者のレベルを消費して豪華アイテムをゲットしよう！』

『1回ガチャはRランク以上が出ます』

『10回ガチャはSRランク以上が確定で1個以上出ます』

『ボックスの残り70／100』


「……残り70か。これを引ききったらどうなるんだろうか。中身が更新されるのか？　それとも、尽きれば終わり……？　もしそうだったとして、補充する方法はあるのだろうか。例えば、もう1

度『レベルガチャ』のスキルを……」

そこまで考えたところで頭が痛くなった。

「あの地獄の3年間を、もう1度？　しかも今度は、3年で出る確証もないんだぞ。……あー、やめやめ。こういうのはなってから考えるようにしよう。そうしよう」

立ち上がって振り返れば、そこでは再びダンジョンから湧き出たスライムが蠢いていた。相変わらず、こちらを攻撃する意思があるのか理解できない程の移動速度だ。

「とりあえず、日暮れまでもう少しあるし、もう100匹ほど狩るか」

◇

「……楽勝過ぎる」

100匹どころか、300匹ほど狩ってしまった。

器用さは落ちているが、それでも近接戦闘における重要項目である『腕力』と『俊敏』は、スキルを使用する前とほとんど変わりが無かった。それも相まって、レベル1なのにもかかわらず今までと同じ……いや。それ以上の速度で狩り尽くした。

一番の違いは『スキル：身体強化Lv2』の存在だろう。Lv1があるだけでも、一般人が一級アスリート並みの身体能力が得られると噂のスキルだ。そんなスキルにもかかわらず、Lv2を取得したのだ。逆に自分の動きに思考が追いつかずに、スライムを通り抜けて何度壁に激突しそうになったことか。

スライムを乱獲した結果、レベルは再び8へと上がり、思いがけない事だったがその都度『SP』を獲得。14ものポイントは全て、俺の根幹である『運』へと注ぎ込んだ。

＊＊＊＊
名前：天地　翔太
年齢：21
レベル：8
腕力：43（＋32）
器用：20（＋9）
頑丈：35（＋24）
俊敏：42（＋31）
魔力：25（＋16）
知力：15（＋6）
運：74

スキル：レベルガチャ、鑑定Lv1、鑑定妨害Lv1、身体強化Lv2
＊＊＊＊

「また11になったらガチャを回して、また1からやり直して『運』に『SP』を振り分けて……。繰り返せばもう1度『虹色スライム』に会うのも夢じゃないかもな」

ちなみに今回の連続300匹討伐では、『水色スライム』2回、『緑色スライム』1回という結果に終わった。まあ、そんなものだろう。

「さて、帰るか。……あ、ダンジョン協会への報告、どうするべきだろう。換金の時に、レベル……は顔馴染みだしチェックされないだろうけど、ばれたらどうしようか」

そんな事を考えつつ、俺はダンジョンを抜け出した。

◇

ダンジョン協会第777支部。

ダンジョン協会はダンジョンに対抗する為に設立された機関で、ダンジョンごとに1つずつ設立されている。内部にはダンジョン内部で得られた魔石やアイテムをお金に換金させる受付であったり、ダンジョン技術やスキルを用いて作られた武器やアイテムを販売しているショップ。ダンジョン攻略者が訓練する施設や待合室なども設立されている。

……が、第777支部は世界から見放されたダンジョンだ。挑戦者も今となっては俺一人しかおらず、旨味もないと世間から見放されている為、あるのは受付くらいのもの。

設立当初は大いに賑わっていた場所だが、今では見る影もない。

在中する職員も、たった2人だ。

「あ、ショウタ君じゃん。おかえりー」

「ただいまアキさん」

1人はアキさん。受付嬢と事務の仕事を兼任する、第777支部の管理者だ。最初の頃はこんな僻地に派遣されたことにぶつくさ文句を言っていたが、今ではこの通り素敵な笑顔を向けてくれている。何か心境の変化でもあったんだろうか。

変化と言えば、最初は髪を下ろしていたけど、ポニテの方が似合うって言ったら、それ以降ずっとポニテなんだよなぁ。気に入ったのかな？

「へっ、噂をすればスライムハンターのお出ましか」

「ちょっとダイモンさん？　ショウタ君はうちのエースなのよ」

「へいへい、すいませんねー」

この憎まれ口を叩くのは、第7777ギルドの警備兵を務めるダイモンさん。ダンジョンが世に溢れた激動の時代、前線で活躍していたが大怪我が原因で一線から退き、警備に回った人だ。ダンジョンは放っておけばモンスターが溢れ出る場所でもある為、ダンジョンの入り口には警備兵を常駐させるのがルールだ。

けど、ここは見放されたスライムだけのダンジョン。

もし溢れたとしても対処が容易だとして、警備兵はダイモンさん1人しか派遣されていない。その上彼は、毎日常駐しているわけでもなく、週に4回程度しか見かけないくらいやる気がない。

まあ彼がやる気をなくしている理由の1つとして、この3年間俺がずっと通い続けている事もあって、一度もモンスターブレイクが起きていないからだろうけど。

「アキさん、早速だけど換金をお願いできますか」

「はいよー。今日は何匹倒したのかなー？」

「たしか、５００体ほどかな」

カウンターに『青色スライム』を討伐した際にたまにドロップする『極小魔石』を並べる。その数は大体、３００個くらいといった所か。本来はもっと少ない物だけど、ここまで『運』をひたすらに上げ続けた結果、ドロップ率に影響が出ているようだ。

「ごひゃ……相変わらず、凄い数を倒すね。それに魔石の数も。最弱のモンスター相手とは言え、短時間でこんなに倒せるのなら、別のダンジョンに行った方が稼げるんじゃない？　君なら他のダンジョンでもやっていけるよ」

「別のダンジョン、ですか」

アキさんからのこのお誘いも、最早恒例と言って良い。お世辞で言ってくれてるんだろうけど、今までの俺はスライムの先を見る事に夢中だったから、分不相応だと断ってきた。

けど、今は違う。スライムの果てらしきものは確認できた。だから今の目標としては、ガチャの在庫を回しきり、更には『運』を可能な限り伸ばす事が何よりも重要だろう。

そうなると、スライムだけだとレベルアップの効率は悪い。

今のステータスなら、初級系の他ダンジョンでも苦にはならないだろうし、レベル11になればま

たガチャを回せるからもっと上も狙えるはずだ。

『虹色スライム』のドロップ検証が残っているけど、これは『運』のステータスが育たなければまた何年もの時間がかかるだけだ。

それなら、今まで見向きもしなかった他のダンジョンに足を向けるのも良いかもしれない。

「……わかりました。他のダンジョンに行ってみます」

「え、ほんと⁉　提案しておいてなんだけど、断られるんじゃないかと思ってた。何か心境の変化でもあった？」

「あー……そんなとこですね」

「そっかそっか。アキお姉さんは嬉しいぞ！　……はい、査定終わり。極小魔石は322個で、1個200円。それからダンジョン税20％を差し引いて、51520円ね」

「ありがとうございます」

「こちらこそ、ありがとうだよ！」

お金を受け取った俺は、なぜかホクホク顔のアキさんと雑談をする。

今後の事も考えて、アキさんからは『ダンジョン通信網アプリ』を使って情報交換をしようと提案された。何気に、アキさんと連絡先を交換するのは初めてだなと思いつつ、喜んで提案に乗った。

俺としては願ってもない事だったが、交換した彼女は、俺以上に嬉しそうだったのが印象的だった。

[初心者歓迎]Ｎｏ．５２５初心者ダンジョンについて語るスレ ［第３１１階層目］

１　名前：名無しの冒険者

ここはＮｏ．５２５初心者ダンジョンに集まる、駆け出し冒険者の為の掲示板です。ルールを守って自由に書き込みましょう
初心者ダンジョンを卒業した皆さまも、後輩たちの為にアドバイスをお願いします。ですが、他ダンジョンの情報は混乱を招くため、控えるようお願いします
駆け出し冒険者の方は、疑問点があればお気軽にどうぞ
ここで得た情報を駆使して危険から身を躱し、大成出来るよう力を身に付けましょう！
チームへの参加、及び募集希望は以下のスレッドでお願いします
↓　↓　↓
［仲間］Ｎｏ．５２５初心者ダンジョン　チーム募集スレ１７８　［求む］
我らが女神、受付嬢達への愛は以下のスレッドでお願いします
↓　↓　↓
［受付嬢は］日本第一エリア　我らが女神を称えるスレ５２５１　［見ちゃダメ］
次のスレッドは自動で立ちます

◇

１０９　名前：名無しの冒険者
お前らニュース見たか？　『烈火の剣』の話

１１０　名前：名無しの冒険者
ああ、チームの女子３人目と結婚だろ。そりゃニュースになるって

１１１　名前：名無しの冒険者
『烈火の剣』って確か、２年前に初心者ダンジョンを制覇した先輩達だよな？
チーム内ハーレムか……。冒険者はこれがあるからなぁ。夢が広がるぜ

１１２　名前：名無しの冒険者
そもそもチームに女性がいない定期

１１３　**名前：名無しの冒険者**
やめろ。その言葉は俺に刺さる

１１４　**名前：名無しの冒険者**
お前だけじゃねえよ。俺にだって刺さる
そもそも女の子は、わざわざ冒険者になるより、受付嬢を選んだ方が安心安全だからな。数がすくねえのよ

１１５　**名前：名無しの冒険者**
専属のメリットが大きいもんな。売り上げの一部が彼女達に入るんだっけ

１１６　**名前：名無しの冒険者**
ダンジョン税の一部、だけどな。ま、担当してくれる子にも一応入るから、まずは専属になってもらえるよう稼げるアピールしないと

１１７　**名前：名無しの冒険者**
専属になった受付嬢と、そのまま結婚って流れが多いもんな

１１８　**名前：名無しの冒険者**
俺もマキさんと、いつか……

１１９　**名前：名無しの冒険者**
おいおい、そういうのはチラシの裏にしとけ。戦争が起きるぞ
あと、マキさんは俺が専属に貰うから

１２０　**名前：名無しの冒険者**
お前が火をつけてどうする。あと勘違い乙。彼女は俺の未来のパートナーだ

１２１　**名前：名無しの冒険者**
お前らその辺にしとけ
その手の話は以下の専用スレでするように
［受付嬢は］日本第一エリア　我らが女神を称えるスレ５２５１　［見ちゃダメ］

122 名前：名無しの冒険者
話を遮って悪いんだが、ゴブリンの相談が……ってここで構わないのか？

123 名前：名無しの冒険者
おう、今のは遮って問題ない話だから構わねえよ。それにゴブリン共は、俺達が必ず通る道だ。なんでも言ってくれ

124 名前：名無しの冒険者
ありがと
あいつ、たまに『極小魔石』を落とすけど、更に稀に『鉄のナイフ』も落とすよな？ あれって、あいつらから奪えないのか？ 結構いい値段だし、奪えたら楽できそうなんだが

125 名前：名無しの冒険者
あー。結構勘違いされやすい話なんだが、そもそもモンスターが持っている武器は、ドロップするアイテムとは別みたいなんだ。生きてる奴から奪った所で、持ち主が死んだら消えちまうらしい

126 名前：名無しの冒険者
そうなのか。情報ありがとう

127 名前：名無しの冒険者
おう。もしまた聞きたいことがあったら、ここでもいいし、協会内で毎週末開催している、専用講座に参加してくれよ。受付嬢か職員に聞いたら教えてくれるから

128 名前：名無しの冒険者
おｋ、把握

紹介状を持って

翌日、アキさんから送られてきたメールには、オススメのダンジョン情報が添付されていた。

その情報通りに道を行けば、見知ったダンジョン協会第525支部へと到着した。

ダンジョンナンバー777は山の麓にある洞窟がダンジョンへと変化したものだが、ここは繁華街の道に、突如として地下への入り口が現れ、そこがダンジョンだったというものだ。

その為、人口密度の観点から出現当初は多少のパニックが起きたものの、その騒ぎはすぐさま終息した。それは出現するモンスターのレベルが低く、階層も全部で10層もないくらいに浅く、攻略も容易と判断されたからだ。

今では初心者にとっては戦いやすいダンジョンの1つとして、人気を博している。

家から近所ではあるが、今までここのダンジョンには一度しか入った事は無かった。ここの協会に付属しているショップにだけは、装備を整えるために何度か来たことはあったけど。

777支部には、アイテムとかの販売所が併設されていないからな……。

「それにしても紹介状を発行してもらえるなんて。アキさんには頭が上がらないな」

冒険者の情報は、本人が許可した項目であれば支部から本部へ情報が伝達されていて、どの支部でもその情報を閲覧することが出来る。俺も顔と名前、それからレベルなどは公開していたんだけど、今ではレベルが下がってるんだよな……。

レベルが下がるなんてことは普通あり得ないから、今後の事を考えて、レベルも非公開にしてもらおうかな。アキさんなら深く聞かずにやってくれそうだし。

閑話休題《話が逸れた》。

紹介状は、その情報に付随する形として、受付嬢がイチオシする冒険者に授ける称号のようなものだ。これがある冒険者は、他のダンジョンに移動する際でも、ある程度優遇措置を受けられるらしい。

「ただの一介の冒険者である俺に、こんなに親切にしてくれるなんて。今度何かお礼をしなきゃな」

そんな事を考えつつ支部の中へと入ると、早速受付嬢の1人から声を掛けられた。

「こんにちは、あなたがショウタさんですか？」

「あ、はい。777支部から来ました。天地翔太です」

ざわっ。

777支部という言葉を聞いた周りの人達から、好奇の視線と共に、ヒソヒソ声が聞こえてくる。

「おい、あいつ777支部って言ったか？」

「それってまさか、あのスライムハンターか」

「あの冴えない顔、見たことあるぜ」

「万年スライムしか倒せない落ちこぼれって聞くな」

「そんな奴が他のモンスターを倒せるのかよ」

周囲からは嘲笑や胡乱な目を向けられる。

これはまあ、他の支部に寄れば十中八九受ける洗礼だ。

公開された情報であれば誰でも見れるし、その中には顔写真もあるので顔を知られていてもおかしくはない。それに、最初はよくわからずにステータスや成長率の弱さをそのまま載せちゃったからな……。アキさんに言われてすぐ非公開にしたけど、その時にはもう情報は出回っていて、今では俺の弱さは周知の事実だ。

その時の情報から計算したら、たとえレベルが30を超えたとしても、一般的なレベル10の人間よりも弱い事はバレている。それに好き好んでスライムを狩り続けている狂人と言われ、後ろ指をさされているのも知っている。

だから、こうなることは目に見えていた。

「……ショウタさん。ここではなんですから、奥の個室へ」

「恐れ入ります。あの、お名前を聞いても」

「申し遅れました。アキの妹の、マキと申します。気軽にマキとお呼びください」

アキさんと違って、短く切り揃えられたショートボブの女性、マキさん。あんな姉からこんな丁寧な妹さんが育つなんて。……反面教師にしたのかな?

◇

マキさんはどうやら、姉のアキさん経由で俺の事を何度も耳にしていたらしく、先ほどの件についてお詫びをしてきた後、丁寧にダンジョンの情報をいくつかピックアップしてくれた。世話焼きな所はアキさんそっくりなんだな。

まず貰ったのは1~3階層の地図。それから各階層で判明しているモンスターの分布図情報だった。あとは他の冒険者と戦闘で鉢合わせた時のルールであったりを教授してもらう。

その後、マキさんとも打ち解け、軽く雑談をしたのちにショップにも立ち寄り、地道に『極小魔石』で稼いだお金を使って、装備を整えた。

現在の装備としてはこんな感じだ。

『武器・鉄の長剣』5万円。
『防具・鉄の軽鎧』4万円。
『防具・鉄のグローブ』3万円。
『防具・鉄のグリーブ』3万円。

整えたと言っても、1年もの間使い続けて古くなっていた装備を新品に取り換えただけだ。どれもが鉄製のありふれた物だけど、下級ダンジョンの入り口で狩りをするならこれで十分だと思う。

念のため、回復用のポーションを3つほど購入しておく。これから戦う相手が自分より弱いとしても、用心するに越したことはないからな。

ショップから出た俺を見つけて、再び嘲笑の声が届く。

「おい見たかよアイツ、レベル30にもなって全身鉄装備だぜ」

「スライムハンター様の稼ぎじゃ、あれが精一杯なんじゃねえの」

「おいおい笑ってやるなよ。スライムのドロップなんて『極小魔石』しかないらしいぞ。それなら1日1000円くらいしか稼げないだろ」

「ははっ、確かにな!」

確かに俺の稼ぎは、1日1000円程度だった。

でもそれは本当に最初の頃の話で、検証の為に上げた『運』がドロップ率にも影響することを実感してからは、稼ぎは2倍、3倍へと膨れ上がっていき、今では数十倍にまで至った。

実家に仕送りはしていても、貯金はまだまだ余裕はある。けど、身の丈に合わない装備は身を滅ぼすとも言う。変な連中に目を付けられても困るし、俺にはまだ、この鉄シリーズがお似合いだろう。

送られてくる侮蔑の声も視線もすべて無視して、俺はダンジョンへと突入した。

◇

「やっぱり人気ダンジョンってこともあって、中は混んでるんだな」

どこを見渡しても人、人、人。

もらった地図を見て予想していたが、このダンジョンの1階はアリの巣状に広がっていて、迷路のように入り組んだ洞窟型ダンジョンとなっているらしい。丁寧にも、2階へと続く階段は入り口から真っ直ぐ直線に進んだ先にあるようで、人の流れもその通りに進んでいた。

なのでここは、人が少なそうなマップの端を目指してみる。

そう思って歩くこと数分。

人の姿や声がなくなり、誰の気配も感じなくなったところで、目の前にモンスターが現れた。

「あ、ゴブリンだ」

『ギギギッ』

3年ぶりに見るゴブリンは、過去に対峙した時と姿に変わりはなく、緑色の肌をした小人のような体躯で、手にはナイフ、服は腰みの。人間に対して敵意を剥き出しにしたかのような醜悪な顔。ファンタジー作品のテンプレートといった、まさにゴブリンという存在だった。このゴブリンからは、過去に感じた恐怖は微塵も感じる事はなく、こんなにもひ弱な存在だったのかと自分の感覚を疑った。

「『鑑定』」

とりあえず、昨日新たに入手したスキルを使って情報を覗いてみる事にした。

＊＊＊＊

名前：ゴブリン

レベル：3
装備：鉄のナイフ
＊＊＊＊

「……それだけ？　スキルレベルの問題かな」

スライムはスライムだし、見るまでもないと思っていたが……。レベル1ということもあって、視れる情報は本当に少ないんだな。

『ギギィッ！』

暢気に感想を呟いたところで、しびれを切らしたゴブリンが襲い掛かってきた。

けど、その動きはあまりに単調で、狙いは一直線。簡単に避ける事が出来た。そのままカウンター気味に剣を振るった。

ズバッ。

スライムを相手している時の様な軽い気持ちで、ゴブリンの首を斬る。ゴブリンは即死したようで、身体全体が緑色の霧に包まれ、消え去った。

あとには『極小魔石』と『鉄のナイフ』が落ちていた。

「弱っ。あのとき苦労したのは何だったんだ……」

これなら、問題なく戦えそうだ。

「あ、そう言えば……『鑑定』」

＊＊＊＊＊
名前：ダンジョン№５２５
＊＊＊＊＊

『鑑定』をダンジョンの壁に向かって使えば、ダンジョンの情報が見られるんだったな。今の俺のスキルレベルならダンジョンの番号しか分からないけど、レベルが上がれば、別の情報も見られるんだろうか。そう思ったとき、ふと思いついたことがあった。

「そうだ。ここでも１００匹倒したら、何か出るんだろうか」

そうして俺は、手当たり次第にゴブリンを探し、狩り始めた。

◇

「……ダメだったか」

１時間後。

慣れないダンジョン、そして人気のダンジョンということもあり、ゴブリンを見つけるのに苦労したが、なんとか１００匹目のゴブリンを討伐することに成功した。そんなところでレベルも11に上がり、『運』も80にまで上がった。

けれど、ゴブリンに関連するレアなモンスターが出現することは無かった。

「100匹連続は、結局スライム限定の仕様だったのか？　それとも、『運』の問題で失敗の確率を引き当てた？　スライムなら、この『運』があれば8割近い確率で湧いてくれそうなんだが……。ゴブリンは確率が違うのか？　……もしくは、途中で別のモンスターを倒してしまったのがいけなかったのだろうか？」

ここ、初心者ダンジョンの1階層目は、ゴブリンの他にもう1種、キラーラビットという兎《うさぎ》に角が生えたモンスターが出現する。兎と聞くと弱そうに思えるが、最初の初心者の壁と言われるほどには手強いモンスターだ。

出会うのは稀だが、小さくてすばしっこい上に、頭の角は防具のない所に当たれば、身体に穴が開くほどの威力があるという。

幸い、『頑丈』ステータスが30もあればかすり傷で済むらしいが、試す気にはならなかった。そんなモンスターと、ゴブリン討伐の34匹目を達成した直後に戦う事になった。こちらから挑んだわけではなく、曲がり角を越えた瞬間、出会い頭に突進されたのだ。

不意の戦いに驚き迎え撃ったところ、苦も無く倒してしまった。

強敵と思って身構えてしまったが、『身体強化』を持つ俺にとっては敵ではなかったらしい。けど、『100匹連続』という目標の邪魔になりそうだったのでなるべく戦いたくはなかったのだが……。不慮の事故というのは恐ろしい。

「とにかくまだ時間はあるし、もう1度ゴブリンを狩ってみればいいか。あと34匹ならなんとかなるだろうし。……あ、でもレベルが勿体ないからガチャを回すか」

マップを参考に行き止まりの袋小路に入り、壁に向かって『レベルガチャ』を使用する。

そして迷いなく「10回ガチャ」を押した。


『ジャラララ』


すると今回も、赤色2つと青色8つのカプセルが出てきた。

「確定分以外でも赤色が出るってことは、割と運が良い方だよな。……もしかしてここでも『運』の補正が掛かっているのか？」

これぱかりは確率の記載もなければ、検証のしようもないため、ひたすらに数を重ねるしかなさそうだけど。


『R　腕力上昇＋5』

『R　器用上昇＋5』

『R　頑丈上昇＋3』

『R　俊敏上昇＋3』

『R　俊敏上昇＋5』

『R　魔力上昇＋3』

『R　知力上昇＋3』×2

『ＳＲ　スキル：自動マッピング』
『ＳＲ　スキル：鑑定Ｌｖ１』

＊＊＊＊
名前：天地　翔太
年齢：21
レベル：1
腕力：41（＋37）
器用：18（＋14）
頑丈：31（＋27）
俊敏：43（＋39）
魔力：21（＋19）
知力：14（＋12）
運：80
スキル：レベルガチャ、鑑定Ｌｖ２、鑑定妨害Ｌｖ１、自動マッピング、身体強化Ｌｖ２
＊＊＊＊

◇

「『自動マッピング』、便利だなぁ」

新たに獲得したこのスキルは、『マップ』と唱えれば半透明な地図画面が目の前に表示され、文字通り一度移動したことのある場所なら自動的にマッピングされていくものだった。しかも、『マップ』に表示されるのは地図だけではない。

新たに湧いたモンスターを示す赤い点や、人間を表す白い点なども表示されていた。

残念ながら一度も足を踏み入れていない場所の情報はなにも表示はされないのだが、全て踏破してしまえば問題は無いだろう。

そして『鑑定Ｌｖ２』になったことで、対象のスキルが読み取れるようになった。

けど、ゴブリンはいたって普通のモンスターだ。スキルは何も持っていなかったが。

「よし、これで１００匹目」

この『マップ』情報を駆使して、他に人間がいないところのモンスターだけを重点的に狩る事が出来た。更には不慮の事故も回避することで、先ほどのようにキラーラビットと遭遇する事もなく、難なく１００匹連続を達成した。また、その過程でレベルも７になり、全て『運』に割り振っておいた。

その時、不思議な現象が起きた。

ゴブリンの身体からいつものように緑色の煙が現れたが、その煙の動きが明らかにおかしかったのだ。

「なんだ？」

本来なら、モンスターの死体の上で留まり、しばらくすると霧散して消えてしまうはずのものが、意志を持ったかのように浮かび上がったのだ。

それだけにとどまらず、洞窟の壁や地面、天井からは同じくゴブリンと思われる緑色の煙が湧き出て来ては吸収されていった。そして膨張した煙は一体となって、洞窟の奥へと飛んで行く。

「なっ、待て！」

煙を追いかけいくつかの角を曲がると、先ほどガチャをした、何もない行き止まりへ辿り着いた。けれど俺が辿り着いた時には、その空間は先ほど以上に溢れた煙が充満していて、あまりの濃度に奥の壁が見えないほどだった。

固唾を呑んで成り行きを見守っていると、煙の中から巨大な手がこちらへと伸びてきた。

「うわっ」

慌ててその場から飛びのくと、次第に煙が晴れ、中から2mを超える巨大なゴブリンが現れた。

『グオオオオッ！』

耳をつんざく雄叫びに顔をしかめながら、スキルを行使する。

「か、『鑑定』！」

＊＊＊＊

名前：ホブゴブリン
レベル：10
装備：鋼鉄の大剣
スキル：怪力
＊＊＊＊

「ははっ、これが1層目のレアモンスターか。スライムの時とは強さも出現方法も、全然違うじゃないか」

『オオッ』

ホブゴブリンが俺を認識した途端、突っ込んできて大剣を振り下ろす。命の危険を感じた俺は、咄嗟に横に跳んで避けた。


『ドガガッ！』


地面に激突した剣は欠ける事無く、逆に岩肌の方が砕け散った。その風圧と、粉々になった岩をみて血の気が引くのを感じた。

「こんな攻撃、直撃したら死ぬだろっ！」

『オオオッ！』

最初に仕留めそこなったのが腹立たしかったのか、ホブゴブリンはその後も執拗に剣を振り回した。

だが、幸いなことに俺のステータスは『俊敏』が一番高い。対してホブゴブリンは、『腕力』はスキルも合わさって怪物のようだが、動きは単調で分かりやすいものだった。

「せいっ！」

『シュパッ』

幾度かの攻撃を回避して、隙を見つけて初撃を入れる。だが、その傷は軽微だった。

ホブゴブリンは防具を身に着けていないのにもかかわらず、その筋肉質な皮膚は非常に硬かった。

「俺の『腕力』もかなり上がったはずだけど、こいつの『頑丈』は更に上だな。こいつのレベルはたった10だってのに、あまりの違いに悲しくなる」

俺の攻撃では、相手の『頑丈』さを貫けず、表面を傷つけるのがやっとだと思われた。しかし、だからと言って諦めて逃げるのは違うだろう。攻撃が通じにくいとしても、全く通じない訳ではない。

それにこいつは俺が実験し、呼び出してしまったモンスターだ。勝てる可能性があるのに逃げ出して、他の誰かが犠牲になりでもしたら、最悪だ。呼び出した以上、ギリギリまで面倒を見るのが俺の責任だろう。

そうして諦めず攻撃を続けた結果、またしても不思議な事が起きた。何度か繰り返し攻撃を続けていくと、なぜかこちらの攻撃が良い所に入る時があるのだ。その攻撃は鋼のようなホブゴブリンの身体を易々と切り裂き、深い裂傷を負わせた。

そんな偶然が何度も起きたホブゴブリンの身体は、満身創痍の血まみれになっていた。

『グ、オオ……』

いくら『怪力』という強力なスキルを持っていても、我武者羅《がむしゃら》に振り回し、その度にこのような怪我を負っていては、スタミナも限界が近いのだろう。その動きには、精彩さが欠けていた。

ヒット&アウェイで戦い続ける事、約10分。ついにホブゴブリンは地に伏し、煙へと変わった。

【レベルアップ】
【レベルが7から17に上昇しました】

「ふぅ……疲れた」

レベルが一気に上昇。こんな経験は今までになかった。それだけ強敵だったんだろう。

いつものように『運』へと『SP』を全振りしたところで、ふと思った。

「……あれ。ここで、次のレアモンスター出たら、やばくね??」

目の前には、未だ残留し続けるホブゴブリンの煙があった。

巨体であるが故、完全に消え去るのにも時間がかかるようだった。

「ごくり」

冷や汗をかきつつ様子を見る事数分。

煙は静かに霧散していき、あとには『中魔石』が1個と、奴が装備していた『鋼鉄の大剣』。そしてスキルオーブの『怪力』だけが場に残った。

どうやら、次は出てこないようだ。

「……はぁー、焦ったー!」

ここで次のレアモンスターが出たら、太刀打ちできない可能性があった。

場合によっては今のが最後で、あれ以上レアモンスターが出現しないだけかもしれないが、『運』の問題で出なかっただけかもしれない。

いや、『運』のおかげで出なかった。……とか?

「検証に夢中になって、周りが見えなくなるのは悪い癖だな。再戦する時は、もっと強くなってからにして、それまではキラーラビットを間に挟もう。あと、考えなしに『運』に振り続けるクセもなんとかしよう。不意にレアモンスターが出たときに備えて、予備の『SP』はあった方が良さそうだし。……さて、ドロップアイテムも気になるけど、ガチャを済ませてしまうか」

『マップ』で周辺に誰もいない事を確認して、『レベルガチャ』を起動し「10回ガチャ」を押す。


『ジャラララ』

今回は青色7つに赤色2つ。そして、紫色が1つ出てきた。

「え、紫？　もしかして赤の上か!?」
現在俺の『運』は、レベルが17に上がったことで112もある。100の大台を突破したからか、極小確率に設定されたレア物を引き当てられたのかもしれない。早速開封だ！

『R　腕力上昇＋3』
『R　器用上昇＋3』×2
『R　器用上昇＋5』
『R　頑丈上昇＋3』
『R　俊敏上昇＋5』
『R　知力上昇＋3』
『SR　魔力上昇＋7・知力上昇＋7』
『SR　スキル：鑑定妨害Lv1』
『SSR　スキル：炎魔法Lv1』

「ま、魔法!?」

＊＊＊＊＊
名前：天地　翔太

年齢：21
レベル：7
腕力：50（+40）
器用：35（+25）
頑丈：40（+30）
俊敏：54（+44）
魔力：34（+26）
知力：30（+22）
運：112
スキル：レベルガチャ、鑑定Lv2、鑑定妨害Lv2、自動マッピング、身体強化Lv2、炎魔法Lv1
＊＊＊＊＊

◇

結局、魔法スキルの取得に興奮しっぱなしだった俺は、『怪力』のスキルを使うタイミングを完全に失っていた。見るからに『腕力』に大幅なボーナスが得られるスキルだというのはわかるけど、これは、人間が使って良い物なのか、冷静に判断が出来なかったからだ。

スキルには当たりスキルと、ハズレスキルがある。このスキルを使った瞬間、ムキムキマッチョになる可能性も否定できない以上、ちゃんと調べてからにしないと。そう思いリュックに戦利品を仕舞い込み、大剣だけは手に持ってダンジョンを脱出した。

正直、強敵との戦いで今すぐにでもベッドに直行したい気分だったけど、協会へと足を進める事にした。

『ホブゴブリン』の咆哮はフロア内に響き渡っていたはずだし、一応報告しておかないと。

「ショウタさん、ご無事でしたか⁉」

「あ、マキさん。ただいま戻りました。騒がしいですけど、何かありましたか?」

マキさんは俺の顔を見るなり駆け寄ってきて、怪我がない事を確認して安堵した表情をしてくれた。どうやら心配をかけてしまったようだ。

けど、こんな美人のお姉さんに心配してもらえるって、不謹慎だけど嬉しいもんだよな。アキさんの場合、俺が検証に夢中になり過ぎて半日近くダンジョンに籠っていた時も、心配された事は無かったし。

協会内では今朝来た時以上に沢山の冒険者が集まっていて、無事の確認や情報交換をしている。そして壁際では、警備兵が装備の点検をしていた。

……これは、俺が想像していた以上に、『ホブゴブリン』の出現は一大事件のようだった。思えばあの『怪力』を使った圧倒的な暴力と、異常なまでに硬い皮膚は、一階層でレベルを上げているような新人の冒険者には荷が重すぎる相手だもんな。痕跡を見つけたら死ぬ気で戻るよう厳命されてるのかもしれない。

疲れたから換金は明日にして直帰しようかと悩んでいたけど、踏み止まって正解だったようだ。

「ごほん、一階層目にレアモンスターの『ホブゴブリン』が出現したそうなんです。滅多に出現しないのでお渡しした資料にも隅の方にしか記載されていなかったのですが、まさか突然現れるなんて」

騒ぎを起こした身としては、この状況に申し訳なくなってくる。

「ショウタさんに目立った怪我がなくて本当に良かった。心配したんですよ?」

マキは心底安堵したかのように、ほっと胸を撫で下ろした。けれど、彼女の心配は解けてはいないようで、上から下まで怪我がないかじっくりと見回されるのだった。そして彼女の視線は、俺の手に収められた剣へと集約された。

「……あら? ショウタさん。その大剣は、一体……」

「ははは……討伐、しちゃいました」

「え?」

「これ、『ホブゴブリン』が装備してた大剣なんです。それと『中魔石』とスキルオーブもあります。討伐証明として持って帰りました」

鞄から『中魔石』とスキルオーブを取り出して見せると、マキさんは慌てて押し返してきた。

「ちょちょ、ちょっとショウタさん! ここで見せないで下さい、危ないですからっ」

「え、危ないって……」

マキさんの言葉を疑問に思い、周りを見渡したところで理解した。

周囲の人達の、様々な視線に。

「ショウタさん、奥の会議室に来てください。今すぐにっ」

「は、はいっ」

◇

「いいですかショウタさん。スキルオーブがどれだけ高価なものかはご存じでしょう。それを無闇《むやみ》に見せびらかしてはいけません」

「はい……」

会議室に連れられてきた俺は、マキさんからのお説教を受けていた。初対面の時は机を挟んでの対面形式だったけど、今は膝と膝をこすり合わせるくらいの近距離だった。不謹慎だけど良い匂いがして集中できない。

「早く討伐情報を伝えて安心させたい。そんなショウタさんの気持ちは正しいですし、私としても嬉しいです。ですが、ショウタさんにはただでさえ謂れのない情報が出回っているんです。アキ姉さんからも、本当は人一倍努力家で腕が立つことは聞いています。でも、周りの人はそれを知りません」

え？

俺、アキさんからそんなに評価されてたの？

「本当に『ホブゴブリン』を倒したのがショウタさんだったとしても、悪い人にはカモに思われてしまうかもしれないんですよ。だからこれからは気を付けてくださいね。いいですか？」

「……はい」

「よろしい」

どうして彼女はこんなに親身になってくれるんだろうか。アキさんの妹だから？　けど、なんだろう。それだけじゃない気がする。漠然とだが、そんな気がした。

ただ何にせよ、マキさんが俺を思って心配してくれてるのは事実だ。その気持ちが凄く嬉しかった。なのでここは、大人しく頷いておく。

「では、ここからは冒険者と受付嬢としてのお仕事です。ショウタさんは『ホブゴブリン』を討伐した。間違いありませんね？」

「間違いないです」

「……確かに、その剣も、魔石の大きさも。あとは『怪力』のスキルオーブも。どれも『ホブゴブリン』のドロップ情報と一致します。ショウタさんがウソを言ってるとは思えないのですが、ただ……」

ああ、そうなるよな。

俺の本来の実力を思えば、討伐するのは不可能と思われてもおかしくはない。

仮に彼女が俺の登録初期時の情報を知らなかったとしても、マキさんはアキさんの妹だ。俺の紹介状を発行する過程で、ある程度の強さや情報は伝わっているはず。そんな俺が、ゴブリンはまだしも『ホブゴブリン』に勝てるなんて、俄かには信じられないんだろう。

協会に居た冒険者達も、たまたま落ちていたアイテムを拾ってきたラッキーな男と思っているかもしれない。

幸運だった。それは俺も思ってる。

なぜなら、今回あの怪物を倒せたのは、『運』が良かったからに他ならない。本来より高くなったステータスに加え、『身体強化』のスキルが合わさり高い攻撃能力と回避能力を得た。そして決め手は、攻撃がたまたま良い所に入ったからだ。

それが無ければ、俺は奴には勝てなかっただろう。

「マキさんの言いたいことはわかります。でも、これが今の俺の実力なんです。信じてください」

「……わかりました。では最後にショウタさん、1つだけお伺いしたいことがあります。姉さんからショウタさんのお話は伺っています。ひたすらに『運』を上げ続けている、と。今のショウタさんの『運』は、どのくらいあるんですか？　勿論、この情報はデータベースには載せませんし、言いたくなければそれでも構いません」

本来、非公開としている情報への開示要求はタブーだ。それがたとえ協会側の人だったとしても。

冒険者にとって、ステータスの内容は今後の活動の生命線になりうるから。

「……わかりました。マキさんと、お世話になったアキさんになら、伝えても大丈夫です」

けど、こんなに俺に親身になってくれる、この人達なら大丈夫だと思った。

なんたって俺は、『運』だけは良いんだからな！

「今の『運』は、112あります」

姉妹の報告会

「たっだいまー！」

「あ、姉さん。おかえりなさい」

「マキー、おつかれー！」

缶ビール入りのレジ袋片手に、姉のアキが意気揚々と部屋へと上がる。

ここは協会職員専用宿舎。男子禁制の受付嬢専用の建物で、アキとマキの2人姉妹が寝泊まりする部屋だ。


『プシュッ』


「ごくごく、ぷはーっ。仕事終わりのビールは格別ねー！」

「姉さんったら。今日は暇なんじゃなかったの」

「そうなんよー。ショウタ君も来ないし、警備兵のダイモンさんはサボリでいない。ま、これはいつもの事だけど。漫画読んだりうたた寝したりですること無くてさー。……ホントに暇だったから、スライムしばいて遊んでたわっ」

「ちょっと姉さん、せめて受付嬢の仕事くらいしてよっ」

「良いのよ、『アンラッキーホール』は本当に誰も来ないもん。先月の利用冒険者表見たでしょ。ショウタ君しかいないのよ？」

「それは確かにそうなんだけど……」

「それに、あたしの本部からの評価は結構高めだし、このくらい適当でも許されるわ。あのダンジョンくらいのものよー。夜間に職員がいなくなるダンジョン支部なんて。あはは」

「もう。それもこれも、全部ショウタさんのおかげじゃない！」

受付嬢の評価と給金は、ダンジョンと冒険者人数から予測される魔石の収穫予測量と、担当冒険者が納める魔石の量と質によって算出されている。魔石はこの10年の間に活用方法が見出され、クリーンなエネルギーとして注目されており、協会にとっては魔石の買い取りこそが最重要項目として掲げられていた。

『アンラッキーホール』で産出される魔石は、スライムからのドロップである『極小魔石』のみ。

その為、不人気であるダンジョンの惨状を鑑み、月に納入可能と予測された魔石の量は非常に少なく見積もられていた。しかし、実際に納品された魔石量は違った。ショウタの『運』と異常なまでの討伐数により、本来目標としていた1ヶ月の魔石目標は、たった1日で納められていたのだ。

あの異常な魔石は、実際の所ショウタの飽くなき探求心による副産物であるのだが、外から見れば、ほぼ専属でお世話をしているアキの指導によるものだと判断されていた。その為、一般的な冒険者の目線で言えばショウタは最弱という扱いを受けていたものの、協会の一部からの評価は割と高いのである。

「そうそうショウタ君！　スライムしばいて改めて実感したけど、本当に『極小魔石』のドロップ率悪いのよね。あたしでもまあ、それなりには出るけど、それを日々何百個と持ってくるショウタ君は本当すごいわ。彼のおかげであたしの生活は安泰よー。『紹介状』を発行したことで、他のダンジョンで活躍しても査定金の一部はこっちに流れてくるし。うはうはでホント最高！　……で、実際に彼に会ってみてどうだった？」

「……いい人だと思うよ。ちょっと常識が足りないところがあるけど、良識はあるし。姉さんがダンジョンについてまるで説明していない事がよくわかったから」

スキルオーブを無造作に取り出したり、『紹介状』や専属のメリット・デメリットをふんわりとしか理解していなかったり。今までどんな説明をして来たのかと、マキは姉を冷ややかな目で見つめた。

「うっ。……そ、それは置いといて。今日の活躍っぷりが聞きたいわ」

「……はぁ、凄いなんてものじゃないわ。今日は第一階層でゴブリンを中心に150匹ほど倒したらしいけど、その数さえ異常なのに入手した『極小魔石』はなんと132個よ」

「うわ、相変わらず執念じみた凄い数。ドロップ数もそうだけど、討伐数も異常ね。普通、『初心者ダンジョン』に通う冒険者は、1日に10や20倒せれば十分なのに」

「うん。それと副産物である『鉄のナイフ』に至っては30本近く落ちたらしいわ。けど、『極小魔石』はビー玉サイズだから問題ないとしても、ナイフは嵩張るから半分ほど捨てちゃったみたい」

「うわー勿体ない！　協会としては『極小魔石』の方が嬉しいけど、単価としては『鉄のナイフ』のほうが高いのよねー。ショウタ君、その事知らなかったんじゃない？」

「そうみたい。査定金の説明を受けた時、ちょっとショックを受けていたから……。姉さんがろくに教えていない事が今回の事でハッキリしたから、これからは私がみっちり教えていくわ」

『極小魔石』は買い取り価格1個200円だが、『鉄のナイフ』は1個1500円もする。

ダンジョンの力や技術を用いて作られた武器やアイテムは、たとえ鉄でも一般的な物とは性能が異なる。その為、価格が高騰するのも自然の事だった。

「へー、ほー？　随分親身になっちゃって、まるでマキの方が専属みたいじゃん。ショウタ君の専属に立候補しちゃう？」

「っ！　こ、これはその、『紹介状』に『専属代理人』が指名されていたからで……もう！　ニヤニヤしないで！　それに、二重契約は制約があるから難しいでしょ」

受付嬢がツバを付ける為の『紹介状』と専属システムだが、当然手当たり次第に出来ないよう重い制約もある。二重契約もその1つだ。

「んんっ、話を戻すよ。ショウタさんほど稼げるのなら、『運び屋《ポーター》』を雇った方が良さそうだけど、条件に合う人がすぐには見つからなくて……。それに、ショウタさんもあまり乗り気じゃなかったの」

「わかるわ～。ショウタ君、妙にこだわるところあるから、普通の『運び屋』じゃ邪魔になりそう」

「あと……はい」

マキは鞄から取り出したファイルを姉に手渡した。

「なにこれ、報告書？」

「今日のショウタさんの活躍と、姉さんに開示しても良いって言ってくれたことを載せてるから。こんな一大事件、口で言っても信じられないと思って」

「え、なになに楽しみー。……わぁお」

いい感じに酒が回り、酔ってきたアキだったが、一瞬で醒めてしまった。

それだけ衝撃の内容が書かれていたのだ。

「いつか、でかいことの1つや2つやってのけると思ってたけど、まさか初日に第一階層の問題児『ホブゴブリン』を討伐してのけるなんてね。それに確認できているアイテム、全ドロップと。この辺りはもう流石としか言いようがないわ」

「しかもショウタさん、それらを全部協会を通してオークションで売るって言ってるのよ。信じられる？」

「えぇ!?　大剣は彼に合わないから分かるとしても、『怪力』スキルなんて、近接アタッカー垂涎のスキルじゃない。それをオークションに流すなんて、絶対大騒ぎになるでしょ。なんで自分で使わないのよ……。あ、もしかして、もう持ってるとか？」

「違うの。ショウタさん、『紹介状』の事も含めて姉さんにお世話になってるから恩返ししたいって言ってたの。だから私は査定金の仕組みの話をして、換金してくれるだけで十分って伝えたわ。そうしたら『怪力』を売るって話になって……」

「ええっ⁉」

査定の際に差っ引かれる2割のダンジョン税のうち、その75％は協会に流れるが、残りの25％は担当した受付嬢の給金に加算される仕組みだ。

そして『紹介状』を持つ冒険者の場合、ダンジョン税の50％が協会に行き、25％が『紹介状』発行者に。残り25％が担当受付嬢に流れる。その割合は、協会を通したオークションでも同じだった。

その為受付嬢は、将来有望な冒険者にツバを付ける為に『紹介状』を発行し『専属』になる事で、稼ぎとする。しかし受付嬢は、たった1人にしか『紹介状』を発行出来ない制約がある為、誰もが慎重になりなかなか発行するには至らない。

また、既に『紹介状』持ちの冒険者と専属契約を結ぶには、あまりに面倒な制約が多く、2人以上の専属を持った冒険者は本当に少なかった。

「ショウタ君優し過ぎよ。その気持ちは嬉しいけど、これは貰い過ぎだわ。『怪力』なんて大当たりスキル、オークションに出せば数千万はくだらないわ。その売り上げの5％ずつがあたし達姉妹に入るなんて……。頭が上がらないじゃない」

「私も日々の納品で十分だからって言ったけど、折れてくれなくて……。だから私は、貰い過ぎたものに報いるためにも、今後も色々サポートしてあげたいと思ってるの」

「そうね、あたしも協力するわ。まずは荷物周りの対策が最優先事項よね。それから……協会本部でいくつかステータス関連の実験プロジェクトが進んでいたわ。その中に、少ないけど『運』に関するものがあったはず。その内容をショウタ君に教えてあげましょ」

「『運』が高いほど、奇跡の一撃《クリティカルヒット》が発生しやすいっていう実験ね。それもあるから、『ホブゴブリン』討伐も納得出来たわ」

「そう。その他にもいくつかあったはずだから、数日以内にまとめて教えてあげましょ」

姉妹は頷きあうと、早速端末を操作し情報を集め始めた。

[初心者歓迎] Ｎｏ．５２５初心者ダンジョンについて語るスレ　[第３１１階層目]

１　名前：名無しの冒険者
ここはＮｏ．５２５初心者ダンジョンに集まる、駆け出し冒険者の為の掲示板です。ルールを守って自由に書き込みましょう

◇

３４９　名前：名無しの冒険者
今日の昼過ぎ、馬鹿でかい叫び声が聞こえてビビったわ。
あれ何？

３５０　名前：名無しの冒険者
お前もか。ちびるかと思ったわ

３５１　名前：名無しの冒険者
最初に訓練教官から聞いてるだろ。それはレアモンスター『ホブゴブリン』の雄叫びだ
馬鹿でかいのは声だけじゃなく、体格もやばいし膂力《りょりょく》もやばい。ダンジョンに入るときにもしつこく言われた思うが、初心者じゃまず勝てねえ。出会ったら真っ先に逃げろ

３５２　名前：名無しの冒険者
ああ、それで今日の昼過ぎは、第一層がすっかすかだったのか
普段モンスターを見かけない中央通路に、ゴブリンが何匹もいて何事かと思ったぜ

３５３　名前：名無しの冒険者
よく生き残ったな。そういう異常には目を光らせないと、ダンジョンではすぐに死ぬぞ

３５４　名前：名無しの冒険者
忠告どうも。けど、俺が行った時にはそんな声聞こえなかったぜ？

３５５　名前：名無しの冒険者
どうやらすぐに討伐されたらしい

たまたま出会った奴がそのまま倒したんだとか。スキルオーブも手に入れたらしいぞ

３５６　名前：名無しの冒険者
なんだよそれ、クソ羨ましいな！
ま、新入りが喰われるよりは明るいニュースだな

３５７　名前：名無しの冒険者
『ホブゴブリン』はほんと、初心者ダンジョン第一層の問題児だよなー。あいつがいなきゃ、本当に初心者用のオススメダンジョンになるのに
数か月に一度湧いたと思えば、数日でまた湧いたりするし、何が原因で出てくるのかさっぱりだぜ

３５８　名前：名無しの冒険者
だが、出現するポイントは大体絞られてる。北東、北西、あとは南南西にある行き止まりの所だ
新参の初心者も増えてきた事だし、ここいらでまた注意喚起しとくか

３５９　名前：名無しの冒険者
先輩、いつもご苦労様っす

３６０　名前：名無しの冒険者
おう、暇なら講習見に来いよな

３６８　名前：名無しの冒険者
話をぶった切って悪いが、今日例の最弱君が来たらしいじゃん

３７０　名前：名無しの冒険者
ああ、伝説の？

３７４　名前：名無しの冒険者
スライムを狩るしか能がない奴って話だけど、実際どうなん？
ステータス非公開だけど、一応は３年選手なんだろ

375　名前：名無しの冒険者
実際見るまでも無かったよ
３年もやってりゃ、どんなに落ちこぼれでも生き残ってれば中堅くらいにはなってるはずだろ
なのにそいつ、全身鉄装備だぜ

376　名前：名無しの冒険者
おいおい、本当に初心者かよ
それが３年選手とか、どれだけ弱いんだ

377　名前：名無しの冒険者
しかも聞いて驚け、そいつ、あのマキさんに専属の真似事させてるらしいぞ

378　名前：名無しの冒険者
は？

379　名前：名無しの冒険者
ま？

380　名前：名無しの冒険者
久々にキレちまったよ

381　名前：名無しの冒険者
愚痴は別スレで頼むぜ。気持ちはわかるがな
『専属代理人』なんてシステム、初心者ダンジョンで利用されてるの初めて見るぞ

382　名前：名無しの冒険者
でも、そんなに弱いのによくあの支部長が許したな

383　名前：名無しの冒険者
なんでも、『アンラッキーダンジョン』の支部長からのお願いらしい

384　名前：名無しの冒険者
このダンジョンくらいだよな、専属の面接や試験なんて設けられてるの

ま、そのおかげで、頑張ったら協会側からお誘いも来るけどな。今の専属も頑張った結果紹介されたしな
あと、あそこは『アンラッキーホール』な

３８５　名前：名無しの冒険者
確かにマキさんの試験難易度は異常だもんな。あと惚気うざい

３８６　名前：名無しの冒険者
しかし、そんな奴の相手させられるマキさんマジ可哀想だな。
やっぱ俺が迎えに行ってあげないと

３８７　名前：名無しの冒険者
妄想乙

３８８　名前：名無しの冒険者
妄想じゃねえから。今に見てろよ

３９４　名前：名無しの冒険者
でもなー、俺の勘違いじゃなければ、そのオーブ持ってたの、全身鉄装備だったぜ
まさかな？　今話題のあいつじゃないよな？

３９５　名前：名無しの冒険者
ま？

３９６　名前：名無しの冒険者
あー、俺も見た。腰に『鉄の長剣』ぶら下げてるくせに、『鋼鉄の大剣』引きずってたよな
オーブの事で頭いっぱいだったけど、今思えば不自然だよなー

３９７　名前：名無しの冒険者
つまり、そいつが倒したって事？

３９８　名前：名無しの冒険者
いや、ありえないだろ。そいつスライムハンターなんだろ？

マキさんの『専属代理人』になったのも裏があるに違いない。俺が秘密を暴いてやる

３９９　名前：名無しの冒険者
おいおい、ストーカー行為はご法度だぞ

紹介状の効果

今日は朝早くからダンジョン協会第５２５支部へとやってきていた。

昨日は様子見の為10時くらいの到着だったけど、昨日話していた相談事もあって早めに顔を出したのだ。

「さて、この時間ならもう出勤してるって話だったけど……」

マキさんを探して協会内を見回す。平日の朝にもかかわらず、それなりの数の冒険者が来ているらしい。ダンジョン協会第７７７支部とは雲泥の差だ。

両支部の違いを改めて噛み締めつつウロウロしていると、受付嬢がいるカウンター付近で人混みが出来ているのを見つけた。こんなに朝早くから査定をしているのだろうかと様子見をしたが、何やら様子がおかしい。

「聞いてくれよ、昨日３層のモンスターを俺だけで50匹も倒したんだぜ」

「ハッ、俺なんて『小魔石』を昨日だけで15個も取ったんだ。どうだい、俺、将来有望だと思うんだけど」

「何言ってるんだ、僕は昨日――」

「俺なんて昨日は――」

聞き耳を立てみれば、あの人達は査定とは全く異なる事で集まっているようだった。

昨日『紹介状』の仕組みについて、マキさんから事細かに説明を受けた。アキさん、そういうの全く説明してくれなかったから、本当に助かった。『紹介状』は、発行した受付嬢側と、発行してもらった冒険者側。双方にメリットがあるという。

まず冒険者側である俺は、既に恩恵にあやかって優遇措置をいくつか体験させてもらっている。その内の1つが、受付嬢の専属化だ。普段の受付嬢の仕事は、買取査定や実力から鑑みたオススメポイントの案内などがある。だが、一度専属化すれば、冒険者の体調管理や心のケア、装備の相談などにも乗ってくれる。更には、受付嬢によっては冒険の心得もある為、戦い方の指南やマッサージもしてくれたりするらしい。専属冒険者を何よりも最優先にしてくれる事から、独り占めが出来るのだ。

その為、綺麗で可愛く、なおかつ『紹介状』を未発行の受付嬢には、自己アピールするために冒険者が殺到するらしい。

今、目の前で起きてる人混みは、正にその現場らしい。

冒険者なら獲物を狩って、現物を持ってアピールしろよと思わなくもないが、どうやらこの騒ぎは朝と夜、特定の時間帯限定らしい。

受付嬢である彼女達も人間だ。そのため昼勤と夜勤が存在し、その人員が交代するタイミングが一番混雑しない時間らしく、こんな風に冒険者が少ない時はアピール合戦が始まるそうだ。

『紹介状』システムが出た当初は、査定の最中でもアピールが起きてしまい混雑の原因になったようだけど、今ではこのような暗黙のルールが浸透しているとの事。他の支部ではまた違ったりするようだけど……まあ、うちの第７７７支部ではまず起きない光景だな。

それにしても、専属か……。

確かに、綺麗なお姉さんに出迎えてもらったり、おかえりと言ってもらったり。あとは色々とサポートしてもらいたい気持ちは分からないでもない。俺も男だ。憧れはある。けど俺の場合は、どうしようもなくアキさんなんだけど。

……いや、アキさんも美人だとは思う。本人にそれを伝えるのはなんだか癪《しゃく》だし、絶対揶揄《からか》われるから言わないけど。それにあの支部の冒険者は俺だけだった。だから、改めて専属なんて真似をしなくても、あの人はほとんど俺専属と言っても過言ではなかったと思う。

「長年お世話になったから、餞別みたいなものなのかも」

そんな事を考えつつ、アピール合戦を遠くから眺めていると、不意に見知った顔と目が合った。

なるほど、どこを探しても見つからない訳だ。俺は群れをかき分けて、その人の前に立つ。

「マキさん、おはようございます」

「あ、ショウタさん！　おはようございます。奥の会議室へご案内しますね！」

困っているようだったし、マキさんに助け舟を出す事にした。

内心辟易していたんだろう。ポーカーフェイスで対応していたようだが、声をかけた瞬間眩しい笑顔を頂戴した。

マキさんが俺を優先して席を外すことが出来た理由としては、『紹介状』第二のメリットが関係している。『紹介状』はその名の通り、基本的に他の協会へと派遣することを前提としたシステムだ。けれど、せっかく専属が出来たのに、他の支部へ行ってしまっては恩恵にあやかれない。

その為、『紹介状』には専属受付嬢の代わりとなる、別の受付嬢が指名されている事がある。そこに名前を記された受付嬢は、本来の受付嬢がするべき専属業務を代行する必要があるのだ。

その受付嬢が、別の人に『紹介状』を送るまでの仮契約である関係上、マキさんの扱いは『専属代理人』。その為、専属受付嬢としての権利は有しつつも、彼らも必死にアピールが続けられるようだ。

「ちっ、邪魔しやがって」

「スライムハンターめ」

そんなマキさんは、アキさんに負けず劣らずの美人だ。……というか俺の個人的な好みで言えば、マキさんの方が好みだ。それに昨日対応してもらっただけでも、彼女の有能さは窺えた。その事からも、この支部には、彼女狙いの冒険者が多数いる事は明白だった。

彼女を連れて行く際、やっかみのような舌打ちや文句が多数耳に届いたが、恩人の助けになるのならこの程度痛くもかゆくもなかった。

◇

座席に着いたとたん、マキさんは頭を下げてきた。

「ショウタさん、ありがとうございました。おかげで助かりました」

「頭を上げてください、マキさんには昨日一日だけでも随分とお世話になりましたし、代理とはいえ俺の専属ですからね。困ってたら助けますよ。それに、昨日は査定だけじゃなくお礼のつもりだったオークションの手配までしてもらったし、感謝してるんです。これからも迷惑をかけちゃうと思いますが、よろしくお願いします」

「迷惑だなんてそんな。むしろ1日目であんな大きな恩恵にあやかってしまって、こちらこそ申し訳ない気持ちでいっぱいです」

マキさんは謙虚だなぁ。アキさんだったらこうはならないだろう。

「そう言えばさっきのアレって、結構多いんですか？」

「えっと……あはは。そうですね。毎朝、とまでは言いませんが平日の朝は大体あんな感じですよ。逆に土日祝日は平和そのものです。学生さん達が多く来るので、朝から混みあいますから」

「そうなんですね……」

マキさんを、専属に……か。改めて考えると、魅力的な話ではある。

まず彼女はダンジョンに対して造詣が深く、昨日も色々と親身になってアドバイスをしてくれた。仕事も丁寧だし、俺に足りない色んなことを知っているんだろう。更には、俺の『運』が高い事を把握しているのも彼女だけだ。彼女が専属になれば、俺のレベルに合った情報を、もっと提供してくれるだろう。

ここでの活動の幅が広がるのは間違いない。

「だったらいっそのこと、マキさんも俺の専属になります？　……なーんて」

「えっ、良いんですか⁉」

「……えっ？」

軽い冗談のつもりだったんだけど、乗り気⁉

確かにマキさんを専属に出来たらいいなとは思ったが、俺としては半分冗談、半分本気でしかなかった。なのにまさか、マキさんがこんな反応をしてくれるなんて。

いや、そこはちょっと嬉しいけど、気になる事がある。

「色々確認したいことがありますけど、そもそも出来るんですか？　既にアキさんから『紹介状』を貰って、専属がいる身なんですけど」

「は、はい。可能です。ただ条件が色々ありまして、まず専属が既に居る冒険者の場合、受付嬢から希望することは出来ません。最初の専属とは逆に、冒険者の方から直接希望すると仰っていただく必要があるんです。じゃないと有望な冒険者に対して、無尽蔵に専属がつくことになってしまいますから」

「あー、確かに……。制限が無かったら、トップ冒険者の人達が大変ですもんね」

日本国内にいるハイレベルな人達は、それぞれにパートナー関係のような、専属の受付嬢が居るってニュースは聞いた事がある。だけど、複数人いるって話は聞かないよな。

探せばいるのかもしれないけど。

『紹介状』のシステム上、稼ぎの多い冒険者の専属になりたい受付嬢は沢山いるだろう。けど、専属持ちへのアピールを禁止する事で、今朝のような光景を協会側では起きないようにしてるってわけか。

今までそういうのに興味なかったけど、外の世界は、協会も冒険者も大変なんだな。

「でも、本当に私で良いんですか？　だって、昨日出会ったばかりですよ」

「……正直に言います。さっきの言葉は、出来ないだろうなと思って軽い冗談のつもりでした。でも可能だと言うのなら、お願いしたいです。先ほどのカウンターでの様子を思えば、マキさんは本当に困ってるみたいだったし、今後もこの協会でお世話になるのなら、俺としてはマキさんにずっと対応してほしいと思ってます。それは代理としてじゃなくて、本当の専属として。だからその、マキさんが嫌じゃなければ、是非ともお願いしたいです」

こんな美人な人に、協会へ足を運ぶたびに出迎えられたり見送られたりしたら、絶対やる気出ると思う。今まで僅かな可能性にかけて何年もスライムを狩って来たけど、やっぱり頑張った成果は欲しい。

それに間違いなく俺は、今後もこのダンジョンを中心に活動することになる。そんな中で、もし仮にマキさんが他の誰かの専属になってしまったら、彼女は『代理人』としての仕事よりも『専属』の仕事を優先することになる。その光景を考えるとちょっとムカムカするし、全く知らない別の誰かと、やり取りをしないといけないのは辛い。

それに、アキさんとは3年もの付き合いだ。彼女の事はそれなりに信頼しているし、そんな彼女が『紹介状』で指名するほどの相手なんだ。そんな先入観もあったが、直接話してみて確信した。彼女は誠実な人間だ。専属として一緒にやっていきたい。

「……わかりました。私も、専属になるならショウタさんのような人が良いです」

「マキさん……」

……ん？　あ、ヤバイ。

なんだか告白みたいでドキドキしてきた。

そう思ったのは俺だけじゃないのか、マキさんの顔がほんのり赤くなってるように見える。どちらからともなく視線を外した。

「で、ではこれで、私がショウタさんの専属になる為の第一の条件はクリアしました。ちょっと失礼しますね」

そう言ってマキさんは懐からスマホを取り出し、どこかに電話を掛けた。

気まずい雰囲気の中で幾度かのコール音が鳴ったあと、電話口からは聞きなれた声が流れてきた。

『もしもーし、お姉ちゃんだよー。どうしたの、仕事中に電話なんて珍しいじゃん。まあうちは仕事なんてないんだけど。にゃはは！』

いつもの調子のアキさんが出てきた。

アキさん、妹が相手でもコレなんだな……。

「あのね、姉さん。ショウタさんがすぐそこにいるんだけど」

『お？　ショウタ君がそこにいるの？　なになに、うちのマキが欲しいって？　どうしよっかなー』

「ちょ、アキさん!?」

「姉さん、真面目な話なの」

アキさんからいつものように揶揄われるけど、そこはマキさん。

そんなのは慣れっこなのか華麗にスルーした。

『はいはい、ごめんってばー』

「ショウタさんがね、私を専属にしたいって言ってくれてるの」

『え、お？　マジで？　第二専属なんて超珍しいじゃん。それに電話をくれたってことはマキはもうオッケーしてるんだね。なら別に良いよ、あたしはマキと一緒なら問題なし！　にしてもショウタ君ってば、意外と手が早いんだー？　お姉さんは悲しいなー』

「うぐっ」

「ありがと。それじゃ切るね」

『え？　ちょ、まっ』

プツッ。

マキさんは無造作に通話を終了した。

普段のマキさんは丁寧で優しいけど、アキさんに対しては結構雑なんだな……。

「第一専属からの認可が下りました。一番重要な2人の配分についてですが、こちらは私と姉さんで決めておきますので、最後に支部長から許可をもらいましょう」

「あ、はい」

続けてマキさんは備え付けのビジフォンに手を伸ばす。しかしそれと同時に、会議室にノックの音が木霊した。叩かれたのは、普段使用していない奥側の扉。もしかしてと思っていたけど、職員専用通路があるんだろうか。

「話は聞いていました。入っても構いませんか」

「え？　は、はいっ！」

慌てるマキさんが招き入れたのは、見た目30代くらいの、長い黒髪が特徴的な綺麗な女性だった。スーツをビシッと着こなす姿から、仕事の出来るキャリアウーマンを連想させた。もしかして、この人が支部長なのか？

それにしても、その容姿に顔立ちは、どこか見覚えがあった。一体どこで……と視線をマキさんに戻す。そして再び支部長へ。

……そっくり!?

「し、失礼ですが、もしかして支部長さんは、マキさんやアキさんのお姉さんですか？」

「あら」

「すみませんショウタさん、この人は私達の母です……」

「は、母ァ!?」

どうやら、お2人のお母さんは見た目通りとても若々しい方のようだった。

専属の条件

「改めまして、私がダンジョン協会第525支部の支部長のミキよ。アマチ君には娘2人がお世話になってるみたいだから、母親としてもいずれ挨拶しておきたかったの。なのに、別の理由で挨拶させられるとは思ってもみなかったわ。君は、アキだけじゃ飽き足らず、マキも専属にしたいとか……」

先ほどのショックが抜けきらない中、支部長からは重苦しい圧力を感じた。協会の支部長クラスの人間は、殆どが元冒険者と聞く。この圧力も、もしかしたら歴戦の経験によるものなのかもしれない。

ここまで来たら、もう冗談でしたなんて、口が裂けても言えない。経験したことのない空気に言葉を紡ぐことは叶わず、なんとか頷くことしか出来なかった。

「そう……。アキはああ見えて優秀な子だから、受付嬢でありながらダンジョン協会第777支部の支部長も兼任しているの。独自の裁量権を持っているから、あの子が誰かの専属になる事に不安は無かったわ。けど、そこにマキもとなると……」

「支部長、私は彼の専属になりたいです！　それは姉さんが専属についた人だからじゃなくて、この人なら、信頼できると思ったからです！」

えっ⁉　そうなの？　マキさんからの信頼は凄く嬉しいけど、まだ昨日出会ったばかりだし、どうしてそこまで……。そういえば昨日も、やけに親身になってくれたな。

「……そう、本気なのね」

何故か支部長も納得してるし。俺が混乱を隠せないでいると、支部長は俺の目をじっと見据えてきた。

……なんだろう、この感覚は。まるで全てを見透かされているような奇妙な感覚だ。

だけど、ここで折れるわけにはいかない。

二重契約の始まり方に多少の問題があったとしても、マキさんにここまで言わせた以上は俺も心を決めなくては。

俺は負けないように、真っ直ぐ支部長を見つめ返した。

「ふふ……なるほど。娘達が見初《みそ》めるだけあって、優秀な子のようね」

「……？」

なんだ？

突然ふわりと、支部長の雰囲気が柔らかくなるのと同時に、緊張していた身体から力が抜けていくのを感じた。

「では1つ、マキを専属にするために条件があります。アマチ君、キミは昨日レアモンスターを狩って、スキルを得ましたね。そしてそれを、マキを通してオークションに流してくれた。ここまでは良いですね？」

「あ、はい」

「開催日は明日に控えていますが、君が『怪力』スキルを出品してくれたおかげで、今回のオークションは非常に盛り上がりを見せています。噂が噂を呼んで、当日は様々なお客さんが集まって来ることでしょう。そして貴重なスキルがこの協会を通して市場に流れたことで、当支部の評価も高まっているわ。その点は本当に感謝しています」

「……あ。つまり、条件と言うのは」

「ええ、察しが良いわね。君にはまた、オークションに出品できる格の高いスキルを取って来て欲しいの。期日は2週間。それくらい出来ないようでは、娘2人は任せられないわ」

「お、お母さん⁉　それはいくらなんでも無茶よ！」

マキさんが困惑を隠しきれず立ち上がり、支部長に詰め寄った。

「マキ、ここでは支部長と呼びなさい。そして条件を変えるつもりはありません。アマチ君も安心しなさい、出来なかったとしても罰を与えたりしないから。専属にならなかったとしても、今まで通りマキには『代理』としての優先権は与えます。如何《いかが》かしら」

スキルの獲得……それは多分問題はないと思う。

まず昨日戦った『ホブゴブリン』。奴が相手ならばもう負ける気がしない。攻撃パターンは見切ったし、出現させるための条件も簡単だ。それに再戦する頃にはまたガチャを回せてるはずだ。ステータスが上がる以上、もっと楽に討伐できるだろう。

次にスキルオーブのドロップ確率だが、これは検証していないから確証が無いものの、『運』にこれだけ割り振ってるような奴はこの『初心者ダンジョン』にはいないと見て良いだろう。けど、世には沢山のスキルが市場に出回っている。レアモンスターの出現方法も確定しておらず、高い『運』を持ち合わせてる人がほとんどいないにもかかわらずだ。それに、普通は市場に回す前に自分達で使うのがほとんどだろう。なのに市場に流れるほど余剰が起きているのだ。

であれば、『運』だけで言えば割と高い部類にいるであろう俺が、狙ってレアモンスターを呼び出せる以上、それなりの期待値があるはずだ。

もし出なかったとしても、倒せばレベルも上がり『SP』を消費して『運』を増やせる。更にはガチャを引く度、どんどん強くなる。100体討伐のスピードも上がるし、アイテムの出現率は更に増すだろう。

問題があるとすれば、『ホブゴブリン』の次が出てしまった場合か。

昨日調べた限り、一応関連しそうなモンスターを何種類か見つけた。その名は『ジェネラルゴブリン』に『オーガ』、そして『ゴブリンキング』。情報が閲覧出来なくて強さは不明だけど、特にキングと名が付く方に関しては、危険な相手になると思う。

問題はここが強敵の出ない『初心者ダンジョン』ということだが……。

でも、それを定めたのはダンジョン側じゃなく、人間側だ。構成的に『初心者にお勧めできる』と判断されただけで、未知の部分があってもおかしくはない。絶対に出ないという保証はない以上、挑む際には、細心の注意を払わなければ……。

「ショウタさん？　……ショウタさん！」

「うぇっ？」

気付けば目の前に、マキさんの顔があった。

ち、ちち近いっ!!

「あの、無理なら断ってくださって結構です。専属にしたいという言葉だけで、私は嬉しかったですから」

あ、やべ。

いつもの調子で考えに耽っていた。

「すみません、マキさん。俺は大丈夫です。えっと支部長、『怪力』がもう1つ欲しい……という訳ではないんですよね？」

「そうね。同じ物だとどうしても盛り上がりに欠けるもの。でも、それ以外になければ『怪力』でも構わないわ。レアで有用なスキルであることに変わりはないもの」

「わかりました。その条件、受けさせてもらいます」

「ショウタさん……」

「まあ、素敵ね。それじゃ、今からこのダンジョンで発見された全ての階層のレアモンスターとそのスキルの一覧表を、貴方の端末に送るわ。特に高価なものは印を付けてあるから、参考にしてね。それじゃ、私はここで失礼するわ」

そう言って、支部長は笑顔で会議室から出て行った。

突然の条件にもかかわらず、そんな資料を用意してくれるなんて準備が良いんだな。まるでこの事態を想定していたかのようだ。これが、仕事の出来る女性なのか？

◇

その後、マキさんからは謝罪とお礼を交互にされ、決意表明をしてから会議室を後にした。そして、色々あって疲れ切ってしまった心を癒す為、協会内部に設営されたカフェで一息入れる事にした。

注文した飲み物は、砂糖たっぷりの紅茶だ。

甘ったるいこの味わいが、気分を落ち着かせてくれる。いや、マキさんの傍にいるだけで、良い匂いがするし心が落ち着くんだけど、これは別腹だ。

「元々は、鞄に入りきらなかった素材をどうするかとかの相談がしたかったんだけど、何だか妙な話になっちゃったな。……それにしても、なんというか、支部長はアキさんとマキさんを足して2で割ったような人だった」

物腰はマキさんに似て柔らかいのに、目に見えない不思議な圧力はアキさんそっくりだ。その上、支部長のあの目だ。あれはもう、こちらを揶揄って楽しそうにしている時のアキさんと同じ気配を感じた。

あれは母娘だ。間違いない。

「いや、比率で行ったらマキさんが2の、アキさんが8かも」

今回支部長が出した条件も、きっと半分くらいは冗談のつもりだったんだろう。けど、もう半分は本気のような気もする。あの目には、期待の感情も混じっていたような気がしたのだ。

本心は読めない人だったけど、マキさんが大事にされてるのは伝わってきた。俺が言い出したことだし、きっちり責任もってやらないと。

「よしっ」

気持ちを切り替え、早速『ダンジョン通信網アプリ』を開く。

そこには支部長が言っていたファイルが、俺の端末へと既に転送されていた。それは昨日マキさんに渡されたモンスター情報を、より詳細に記したもののようで、『ホブゴブリン』の情報もしっかり記載されていた。

一部の階層はレアモンスターの出現自体が不明なのか『???』になっていたり、レアモンスターが分かっていてもドロップスキルが不明だったりと、情報に穴抜けはあるものの、今後の計画を立てる上でこれは大いに役立ってくれそうだ。

それにしても、第一層は『ホブゴブリン』だけ、か……。

資料を隅から隅まで閲覧しても、このダンジョンでは『ホブゴブリン』の次と、キラーラビットのレア種は見つかっていないらしい。けど『ホブゴブリン』の方はさておき、キラーラビットのレア種は検証が不可能に近い。なぜならそもそもの出現率が低い上に、途中でゴブリンを倒したら失敗になるのだ。

幸い第二層にもキラーラビットがいるから、そちらで湧かせれば問題ないのだが……。

「第一層と第二層で、別のレアモンスターが出る可能性も考えられるよな……」

ああ、駄目だ。気になって仕方がない。

こんな時はダンジョンに潜って、さっさと検証してこの目で見るに限る！

紅茶を一気に流し込んだ俺は、意気揚々とダンジョンへと向かった。

その背中を、何人もの冒険者が見ている事に気付かずに。

不審な追跡者

俺は今、ダンジョンの第一階層を歩き回っている。

先日取得した『自動マッピング』のスキルは、一度通った場所なら以後自動的に敵や人間を表示してくれるが、直接通っていない場所は、たとえ手書きや端末上での地図を持っていたとしても反映されない。なので、中途半端に埋まっている状況が気持ち悪かったので、全部埋める事にした。

支部長からは2週間以内にと期限を言い渡されたけど、せっかくのマップスキルに穴が開いているのは気になって仕方が無いからな。こういう事は、スッキリさせたほうが集中できるってもんだ。

「これで連続討伐は30匹目。……念のため、そろそろ探しておくか」

昨日の探索では人目を避けて、ゴブリンの１００匹討伐を優先していたからか、マップの進捗度は30％といった所だった。１度討伐されたゴブリンの再出現時間が短いこともあって、同じところをぐるぐると回り続けた方が効率が良かったからな。

けど、今日は逆に１００匹討伐をしてしまわないよう注意していた。うっかり夢中になり過ぎると事故が起きかねない。まずはマップ埋めを優先しつつも、30匹目を超えた辺りからキラーラビットを最優先目標に切り替えて動く。

モンスターは人間が居なくてもダンジョン内を動き回っている。だから、『自動マッピング』に映る赤い点も、よくよく注視すればその移動速度や移動距離で、ゴブリンかキラーラビットかの見分けがついたのだ。この発見は大きい。

キラーラビットをマップで判別することが出来るのなら、ゴブリン連続100匹達成に再チャレンジするのも容易であるということだ。

「……よし、これでようやくマップが完成した」

そんなこんなで適度にキラーラビットを討伐しつつ、マップを埋める作業を完了させた。改めて地図を見てみれば、『アンラッキーホール』と比べてこのダンジョンは非常に広い。外周部を回るだけでも1時間はかかるかもしれない。

この作業の最中にレベルは11を超え、狩り過ぎた結果12にまで上がっていた。

本来なら経験値が勿体ない為、11になった瞬間回したいところだが、今回はガチャを回すことは出来なかった。なぜなら……。

「やっぱり、どう考えてもついてきてるよな」

マップに表示された、人間を表す白い点。そんな複数の白い点が、俺のいる場所から数十m離れた位置で固まっていた。最初は勘違いかと思ったが、この数時間つかず離れずの距離を保って、ピッタリとついてきていたのだ。

俺が通った道を歩いてきてるから、奴らはほとんど狩りをしていない。モンスターを狩って生計を立てる冒険者の在り方とは、明らかに異なる動きだ。

「こいつら、どれだけ暇なんだよ……。やっぱり、昨日のスキルオーブが不味かったのかなー」

マキさんに怒られたばかりだが、あれは確かに愚策だった。マキさんが心配してくれたことが嬉しくて、安心させたくて、つい調子に乗ってしまった。

今回はどうするべきかな……。

「1、逃げる。2、撒く。3、放置する。4、逆に挨拶に行く。……うーん」

1：逃げるのはこっちに負い目があるみたいだし嫌だな。それに、また付け回される原因になるかもしれない。

2：ダンジョン内で撒くというのも、場合によりけりだな。とりあえず保留。

3：触らぬ神になんとやら、気にせず放置するのも手だけど、付け回されてる間は下手にガチャを回せないのが痛いんだよな。

4：……これはどうなるかわからん。冒険者の知り合いがいないから、ストーカーされた経験談とか聞いたことないからなぁ。って、ストーカーされた人なんてそんなに沢山いる訳ないか。下手な事をするとまたマキさんに迷惑が行くかも。

マキさんかぁ……。

「あ」

ここで、妙案が浮かんだ。

「そうか、報告すればいいんだ」

それに、今回の狩りでまた『鉄のナイフ』が溢れそうになってしまっている。鞄にはギュウギュウに詰まっているし、ギリギリで収まってる内に、査定して処分してもらおう。

ついでに時刻はお昼過ぎ。良い感じにお腹も空いて来たしな。

◇

「付け回されてる、ですか」

「そうなんですよ。どうしましょう」

協会に隣接されてるコンビニで昼食を買い、報告ついでに会議室で食事を摂る事にした。ちょうどマキさんもお昼休憩時だったらしく、一緒に食べる事になったのは幸いだった。マキさんと一緒に食事……。うーん、これはこれで、バレたら恨まれそうだな。

マキさんは弁当箱持参か……。もしかして、手作りなのだろうか。

「昨日の今日でですか……。でしたらショウタさん、第二層に行ってみませんか？」

「あ、はい。一応昼からは第二層を予定してました」

「では第二層に行きましょう。あそこは平原エリアとなっています。その広さは第一層を上回る大きさなので、隠れて付け回すことは難しいでしょう。それでも追ってくるのなら、顔を拝むチャンスです。それから、今回からショウタさんがダンジョンに入る際は、見送りさせて頂きます。本来は専属が行うものですが、『専属代理人』である以上は構いませんよね？」

「ええっ⁉　嬉しいですけど、良いんですか？」

「はい。それに、見送りをすれば誰が付け回しているのか、わかるかもしれません。第二層について来た場合は、その情報と照らし合わせて厳重注意としましょう」

「おおー」

思わず拍手してしまう。それを受けたマキさんは口角が上がった。美人だけど、こういうところは可愛いんだよな。

そうして楽しくランチタイムを終えた俺達は、そのまま査定をしてもらった。

午前中の討伐数はゴブリン２３０体、キラーラビット９体。

成果は『極小魔石』１９７個に、『鉄のナイフ』37本。キラーラビットからは『極小魔石』３個と『キラーラビットの角』２個。

ちなみにこれらアイテムの名称は、俺と同じように『鑑定』を持っている協会員やダンジョンを開拓した人達の情報を集めて、公式としたものだ。協会にはその情報を集約したデータベースが存在していて、アプリである程度の情報が閲覧できるようになっている。例えば、実物写真や名前、買取価格などだ。

昨日はたかがナイフと侮って半分以上捨ててしまったが、ここでもマキさんに怒られた。というより溜息をつかれた。今後はダンジョン内で拾ったものは、ちゃんとアプリで調べるように、と。

ごもっともで。

「こんなに沢山取ってきて……。ショウタさんは、ダンジョンを枯らすおつもりなんですか？」

「すいません」

「ふふ、冗談ですよ。頑張りましたね」

そう言って微笑むマキさんに、見惚れてしまう俺だった。

ヤバイ、惚れそう。

第二層へ降り立つ

宣言通りマキさんと、そして羨望と嫉妬の視線からなる多数の冒険者達に見送られ、ダンジョンへと突入した。

本当はすぐにでもガチャを回したいところではあったけど、協会内で回すのは躊躇われた。何故かはわからないが、危険な予感がしたからだ。

改めて考えれば、支部長は盗み聞き対策が施されてるはずの会議室の会話を、どこからか聞いていたみたいだった。あの建物はどこに目があるかわからない。今後も、あの建物内ではガチャをしないようにしよう。

「さて、まずはあの行き止まりを目指すか」

今はマキさんからのお見送りというイベントから、ダンジョン内でもやたらと注目を浴びてるので、追跡者が誰かは分からない。なのでジグザグに迷路を進みながら、『ホブゴブリン』が出現した例の行き止まりへと向かった。

足を止めている暇はない為、出会ったゴブリンは倒してもアイテム回収はせずに走り抜ける。マップから得た情報を基に、比較的モンスターの数が少ないルートを選び、かつ出会い頭に即殺が難しいキラーラビットを回避した。それによりスムーズに到着することが出来た。

「追跡は……うん、それらしいのはいるけど、まだここまで辿り着けていないな」

今の内だ。スキルを使用し「10回ガチャ」を押す。


『ジャラララ』

出てきたのは青色7つに赤色3つ。流石に紫は、そんなにポンポン出ないよな。でもま、赤色が多い分にはありがたいな。なんだかんだで、赤色は毎回2個以上出て来てくれてるわけだし。


『R　腕力上昇＋3』

『R　器用上昇＋5』

『R　俊敏上昇＋3』

『R　魔力上昇＋3』

『R　魔力上昇＋5』

『R　知力上昇＋３』
『R　知力上昇＋５』
『SR　器用上昇＋15』
『SR　知力上昇＋15』
『SR　スキル：投擲Lv１』

＊＊＊＊

名前：天地　翔太
年齢：21
レベル：２
腕力：49（＋43）
器用：51（＋45）
頑丈：36（＋30）
俊敏：53（＋47）
魔力：37（＋34）
知力：49（＋45）
運：１２２

スキル：レベルガチャ、鑑定Lv2、鑑定妨害Lv2、自動マッピング、身体強化Lv2、投擲Lv1、炎魔法Lv1
＊＊＊＊＊

「『投擲』？　投げるスキル、だよな……。といっても、投げられるものなんて何も持ってないし」

『ギギッ』

「ん？　ああ、ゴブリンか」

いつものように切り伏せると、煙の向こうで金属音が聞こえた。

単価は高いが、荷物になるちょっと困ったアイテムだ。

「……あ、これを使えば良いじゃん」

俺はしばらく、付近で弾薬を補給してから、第二層へと向かった。

◇

「おおー、見事に平原だ」

第一層の階段を降りると、そこは広大な平原だった。階段はマップの端にあるようで、左右どちらを向いても岩壁のようなものが果てまで続いていた。上を見上げれば垂直に屹立していて、空も奥行きも、果てが見えない。

マキさんの言うように、この第二層は本当に広いようだ。

協会で配布されているマップも、割と曖昧な記述しかない。さすがにこんな途方もなく広い階層で、正確に測量するのは難しいか。

試しに『自動マッピング』のスキルを発動してみると、第一層とは違って今見えている範囲が書き込まれているようだ。それも立体的に。洞窟とはまた違うんだな。

「これはマッピングが捗《はかど》りそうだけど、広さが分からない以上何とも言えないな……。とりあえず、壁沿いを行ってみるか」

ここでもマップはしっかりと埋めておきたい俺は、四隅を特定するために壁沿いを進む事にした。

「平原の階層とは聞いていたけど、小川もあれば遠くに丘陵もあるみたいだ。剥き出しの岩場もあれば、森……というほどではないけど、木々が集まっている地帯がちらほら見える。なるほど、これは攻略するのにも骨が折れそうだ」

端末を開いて、歩きながら第二層に出現するモンスターと、発見されたレアモンスターを確認する。

1：ゴブリン。主に平原と林に出現傾向。『ホブゴブリン』の出現情報あり。

2：キラーラビット。小川と林に出現傾向。レアモンスターの発見無し。

3：ヒルズウルフ。群れで出現する2層の壁。丘陵地帯に出現傾向。レアモンスターの発見無し。

4：ゴーレム。広い岩場に出現傾向。遠くからの目視は非常に困難。レアモンスターの発見無し。

「4種類か。フィールドによって棲み分けされているのはありがたいな。けど、見ている限り平原と小川の境界が解り辛いな。遠目に見えてるあの小川、ゴブリンとキラーラビットがほぼ横並びになってるし」

連続討伐挑戦中だと、ああいった集まりはかえって邪魔だな。

けど、キラーラビットの分布数は多いようだ。明らかに第一層と比べて出現率が増している。視界内だけでも、既に何匹か捕捉出来ている。

とりあえず、キラーラビットのレア枠から狙ってみるか。発見情報が無いって事は、それだけ出現確率がゴブリンよりも低いのかもしれないからな。

けど、マップの状況的に、まだまだ周回場所になりそうな狩場の情報が欠落している。引き続き、このまま壁沿いに進んで層の角を目指そう。そこから手元のマップとで比較して、良さげなポイントを探してみようかな。

進路上に現れるゴブリンを倒しつつ、俺は平原を真っ直ぐに進み続けた。

追跡者の正体は

ようやく岩壁同士が重なり合った四隅の内の1つが見え始めた。『自動マッピング』にも反映され、小気味良い満足感を得られたころに、それはやって来た。

「おい、お前！」

「うん？」

まさか声を掛けられるとは思わなかった。

マキさんの言う通り、案の定ストーカー連中は第二層にもやってきていた。上とは違って、かなり見晴らしのいいこの層では、警戒されるのを恐れてか、かなり距離を保ちながらついてきていたが。

突然後ろを向くのもアレだし、害が無いのなら放っておこうかと思っていたんだけど、まさか向こうから来るとは。

振り返るとそこにいたのは4人の男。

いや、俺より少し年下くらいの若い連中だった。まあ、若いと言っても俺も20歳を過ぎたばかりだから、大差ないが。

「お前……一体何なんだよ！」

「いや、それこっちの台詞だよね？」

いきなり現れて言われた言葉がそれって。でも彼らはお構いなしに捲し立てた。

「あんたアレだろ、有名なスライムスレイヤーって奴なんだろ！」

「キミは辺境ダンジョン出身とはいえ、協会から専属をつけて貰ってるらしいじゃないですか！」

「そんな奴が、マキさんに世話された挙句、お見送りだと……！　クソッ、羨ましい!!」

「あの人は俺っちの女神なんだ。『専属代理人』だかなんだか知らねえが、しゃしゃり出てくるんじゃねえよ！」

「馬鹿が、あの人はお前のじゃねえ！」

「なんだと⁉」

息ぴったりの言葉のラッシュに、俺は呆気に取られてしまった。

でもこの声、どこかで聞いたような……。

「……あ、今朝マキさんをナンパしてた中にいたな」

「ナ、ナンパじゃねぇ！　未だ専属を持たないマキさんに、俺達こそが相応しいと教えていただけだ！」

「このダンジョンで目覚ましい活躍と成長を遂げている俺達こそが、あの人の専属に相応しい。それを丁寧に説明していたというのに、途中でお前が邪魔をするから……！」

「それをナンパって言うんじゃないのか……？」

それにしてもコイツら、１００歩譲って俺を目の敵にするのは分かる。アピール合戦の邪魔をしたし、トドメのお見送りをしてもらったからな。恨まれるのも当然だろう。けど……。

「なあ、お前達は専属の奪い合いをしているはずなのに、なんで一緒になって行動してるんだ。ライバルじゃないのか？」

「お前、本当に何も知らないんだな」

「かーっ！　辺境育ちは常識を知らないんだから困るよなー！」

辺境育ちって。

ダンジョンナンバー777は一応お隣さんだぞ。徒歩だと1時間くらいあるけど。

「良いですか、無知なあなたに教えて差し上げましょう。確かに僕達はライバル関係にあります。それに、専属契約は個人でした方が望ましい。ですが、それは冒険者側のエゴなんですよ」

「エゴ？」

「そうさ。悔しいが俺達は、マキさんに専属になってもらうには、ソロだとちーっとばかし実力不足だ。けど、チームなら別だ。俺達4人はこのダンジョンでは新進気鋭のエース！　当然、チームの方が稼げるし、稼げるほど専属の受付嬢は潤うって寸法よ！」

「なるほど……」

チーム、仲間か。そう言えば第一層でも、複数人で行動している人達ばかりだったな。確かにソロで活動してる人の専属になるよりも、強い人達が集まったチームの専属に就いた方が旨味は強い訳か。

この3年間、秘密の検証についてきてくれるような、物好き人はいなかった。いや、そもそも探す気が無かった。1人の方が気楽だったし、得られる答えは俺の物にしたいと独善的に動いていた。そしてこれまでの冒険生活が染みついて、このダンジョンでも誰かと組むなんて発想は、まるで無かった。

マキさんからも、荷物の観点から『運び屋』を雇わないかと打診されていたっけ。でも、俺のガチャスキルの事は他人には知られたくないし、たぶん今後も、俺はソロなんだろう。

ああ、俺って……。

ぼっち、だったんだな。

「……おい、おい！」

「ん、あ、ああ」

「急に遠くを見つめやがって、なんだってんだ」

「いや、ちょっとな……。はは」

余りの悲しい現実に、現実から逃避してしまっていたようだ。

「……ん？　あれ？　じゃあお前たちは、マキさんにチームでの専属になってほしいんだよな。なら、なんであの時、個別にアピールをしてたんだ？」

「ホントに常識ねぇんだな。そりゃおめぇ、チームの専属は当然として、その中でも誰を中心とした専属かって話だよ。それこそ、チームを引っ張る俺のような男とかな！」

「何を言っているんです。日々の稼ぎのために計画を立て、作戦を遂行出来ているのはチームの頭脳である僕のおかげでしょう。ですから僕こそがリーダーであり、マキさんの専属を受けるに相応しいのです！」

「それを言うなら、チームで一番モンスターを狩っている俺こそ相応しいぜ！　俺の『腕力』がなきゃ、モンスターをあれほど沢山狩れねぇんだからよ！」

「いいや、俺っちの追跡スキルが無ければ、手ごろなモンスターを見つける事すら出来ないだろうが。作戦も火力も、俺っちの援護がなきゃ成り立たない……。つまり、俺っちこそ影のリーダーだ！」

「なんだと!?」

「いや俺こそが！」

「いや僕が！」

あぁ、またこの流れか。

それにしてもこいつら、専属になる事前提でアピールしてたのかよ。そりゃ、マキさんも対処に困って疲れる訳だ。

それに、彼らは知らないだろうけど、この後マキさんから厳重注意のお叱りが待ってるんだよな。俺からわざわざ報告をしなくても、見送りしたマキさんは彼らが俺の後をついて行くところをバッチリと目撃してただろうし。憧れの人から怒られるのって、結構堪えるんだよなぁ。

まあ、俺の場合昨日のお叱りはちょっぴり嬉しくもあったけど。……とりあえず、こいつらには合掌しておくか。

それはそれとして、気になる発言があった。あの男、追跡スキルを持っているのか。

恐らくソレで、俺の背後をぴったりと追いかけられたのだろう。

さっきも第一層で、ガチャ使用の為に一度撒いた上で、外周部で『鉄のナイフ』を集めた。それから多少の時間をかけて第二層に降りてきたら、その時にはもう、しっかりと後ろにいたからな。

「『鑑定』」

＊＊＊＊

名前：西野　素斗鹿

レベル：18
装備：風のナイフ、チェインメイル、チェイングリーブ
スキル：追跡者
＊＊＊＊

レベルのないスキルか。『レベルガチャ』からの入手以外でも、ちゃんとそういうのはあるんだな。

他のメンバーは……。

＊＊＊＊
名前：東　勇士
レベル：17
装備：鋼鉄の剣、チェインメイル、チェイングリーブ
スキル：リーダーシップＬｖ１
＊＊＊＊
名前：北条　博士
レベル：16
装備：理知の眼鏡、チェインメイル、チェイングリーブ
スキル：風魔法Ｌｖ１

＊＊＊＊
名前：南田　猛
レベル：19
装備：鋼鉄の大剣、チェインメイル、チェイングリーブ
スキル：剛力
＊＊＊＊

全員スキル持ち。しかも、魔法を扱える奴もいて、結構バランスが良い。

どうやらこいつら、ふざけているようで、ちゃんと強いようだ。レベルから見ても、ステータスは成長率が平均なら俺と大差ないだろうし、高めなら俺よりも上だろう。

これなら成長株のエースと自負するのも納得だった。

けど、そんなに強いならなんでストーカーなんて真似をしてきたんだ？　謎は深まるばかりだ。

ストーカー男子４人組の口喧嘩の勢いはその後も留まる所を知らず、いい加減解放してほしい気持ちになっていた。第二層で狩れる時間も限られてる。

夜になる前には帰りたいけど、それでも折角来たんだから２００か３００匹くらいは狩っておきたい。

なので、彼らの論争をぶった切る事にした。

「なあ、お前らがマキさんの専属になりたい気持ちはよーくわかった」

「お、そうか」

「わかって下さいましたか」

「けどさ、ならなんで俺の事をわざわざ追跡してきたんだ？　実力があるなら、こんなことにかまけてないでもっと地力を上げる努力をするとかさ」

そこまで言った所で、奴らの怒りの感情がこちらへと向けられた。

あ、やべ。地雷を踏んだか？

「「「「……」」」」

……と思ったが、睨むだけで何も言わなかった。

なんだ？

不思議に思っていると、チームの頭脳派を名乗る男が代表して前に出た。

「ええ、確かに今回の行動は、僕達としても大変不服でしたよ。ですがそれも、昨日のあなたのせいです」

「昨日というと……」

「あなたは第一層に出現したレアモンスターを討伐し、更にはレアドロップである『怪力』スキルを持ち帰ったそうですね」

「あ、ああ」

「情報を集めるのが僕の役目。あなたが何者であるかも既に調べは付いていました。取るに足らない弱者、最弱のスライムハンターであると。しかし、情報通りであるならば、僕たちのチームでやっと倒せるレベルの相手に、ソロで勝てるはずがないんです。信じられなかった！　だから、僕たちはあなたを観察することにしました」

なるほど。確かに『レベルガチャ』を得てから、俺は急成長を果たした。

最弱の存在として名が知られていたはずの男が、チームで倒すべき相手を、たった1人で相手取るなんて彼らからすればありえない話なんだろう。

「……それで、話しかけてきたってことは、得られる物があったのか？」

「ええ、理解しましたよ。あなたがとんでもなく非常識な人間だってことが！」

「……は？」

頭脳派君が憤ったことで、他の奴らも我慢出来なくなったのか声を荒らげてきた。

「そうだ！　ダンジョン協会第525支部において、1日の納品数は俺達が一番だと自負していた！　だと言うのに、たった数時間で『極小魔石』を100個だと？　しかも午前中だけで⁉」

「異常なんだよ。俺達が1日に倒してるモンスターの数だって多くても150から200ってところだ。それくらいやれば普通疲れ果ててるもんだ。なのに今朝のお前ときたら、あの短時間で何匹狩りやがった？」

「確か239匹……」

正直後ろが気になり過ぎて、あまり狩りの気分にはなれなかった。それにマップ埋めと同時に、連続100匹にならないよう気を張っていたのも大きい。なのであの討伐数には、若干不満を感じていた。

「おかしいだろうが。お前には疲労ってもんがねえのかよ！」

「いや、疲れはするけど楽しいから……」

確かに疲れはする。

けど、秘密にされていた仕様を解明したり、マップを自分の足で踏破しきったりするのは楽しいからな。達成した時は、どんな疲労だろうと吹き飛ぶのさ。

「くっ、これが3年選手と新人である僕達の差か。1日でこれなら、日数が経てば経つほど討伐したモンスターの差はどんどん広がっていく。このストイックさがあれば僕達だって……。負けてられるか、行くぞ皆！　僕達はコイツに勝つんだ！」

「「「おお!!」」」

どうやら自己解決したらしく、騒がしかった奴らは去り際にも何か言い放ちつつ、あっという間に視界の外へと消えて行った。あの方角は、確か第三層の階段がある方かな？

「にしても、異常か。確かについ先日まではスライム300匹程度が限界だったもんな。ステータスが上がって、『身体強化』のスキルも得られたから、300程度余裕なんだよな。……多分今なら、やろうと思えば1000匹だって夢じゃないんじゃないか？」

ま、気を付けて戦わないと、人が居るところでレアモンスターを出してしまいかねないから、夢中になり過ぎないようにしないとな。あと、1000匹も狩ったら、魔石だけでリュックは溢れるだろ。絶対。

「さて、外野もいなくなったことだし、ようやく再開できるな。それに、これで『炎魔法』も試せる！」

昨日から試したくて仕方が無かった、新境地の魔法！　早速やってみるか!!

◇

『ダンジョン通信網アプリ』を開き『炎魔法』で検索すると、レベル1で使用できる魔法として『トーチ』と『ファイアーボール』の2つがあるらしい。

『トーチ』はランプ代わりとなる小さい火の玉を出す、名前の通り明かりのような魔法で、『ファイアーボール』は攻撃用の魔法で炎の玉を呼び出せる。

どちらも、術者の意に沿って動いてくれるようで、頭の中で思い浮かべれば、魔法名を出さずとも発動する事が出来るし、消えるように考えれば消えてくれた。その上、意識を手放さなければ目を閉じても視界から外しても、位置が変わったり勝手に消えたりすることはないらしい。

便利な魔法ではあるが、無理やり意識から外して別の事を考えてみると、いつの間にか消えてしまっていた。

どうやら魔法は、常に意識のリソースを割く必要があるらしい。

剣で戦いながらとなると難しいか……？　いや、戦いの場をコントロールするための手段が増えたと思えば、苦ではないか。

「だけど『トーチ』と『ファイアーボール』の2つを同時に維持するとなれば、かなり気を遣うな。

ダンジョンには暗い場所があるというし、『トーチ』を照明代わりに出しながら『ファイアーボール』で攻撃をして、更には剣を使って戦うなんて場面はいずれやってくるかもしれない。早いうちに慣れておかなきゃなー」

大変ではあるが、朗報でもある。ゴブリンドロップの『鉄のナイフ』による『投擲』以外で、遠距離の攻撃手段が増えたんだ。魔法の使用限界はアプリにも詳細が載っていないけど、これは使いながら探っていこう。

『キキッ』

そう思っていると、キラーラビットが現れた。

いつの間にやら川エリアに入っていたようで、見ればそこかしこにキラーラビットの姿があった。

「よし、まずはお前たちで実験だ！」

検証と油断

『ファイアーボール』の実戦試運転も兼ねて、剣で戦いながら魔法の行使を試していると、やりにくさを感じ始めた。今までは近接戦闘1つに集中していれば良かったのだが、思った以上に魔法に思考を割きながら戦うのは大変だった。必要になった瞬間に魔法を発動出来れば良かったのだが、そう上手くはいかなかった。

魔法の仕様なのか俺の不慣れから来る問題なのかは不明だが、行使から発動までに数秒のタイムラグがあったのだ。そんな時間を悠長に使ってしまえば、せっかくのタイミングを失ってしまう。

だから先んじて魔法を使って、俺の近くに留めつつ戦ってみたのだが……どうにも集中しきれない。相談しようにも、そんな相手もいないし……。

そう思っていたところ、物陰から2匹のキラーラビットが現れた。まずは牽制の為にと判断し、『ファイアーボール』を使用したのだが……。

「ぐっ⁉」

その瞬間、急激な悪寒と経験したことのない吐き気に襲われた。

耐えられないほどではないが、突然の現象に混乱を隠せなかった。気は乱れ、意識は内側へと向き、何とか倒れないよう踏ん張る事に夢中になり過ぎた。その結果、本来キラーラビットへと飛ばすはずだった『ファイアーボール』は、狙いが外れ2匹の近くにあった川へと落ちてしまった。


『バシャーン!』


『キキィッ!』

『キィ!』

「⁉」

巨大な水飛沫が発生し、キラーラビットは小さな津波に巻き込まれた。

突然の出来事に混乱する2匹を見て、慌てて立て直した俺は、一気に近寄ってモンスターを切り捨てる。その攻撃は、見事に相手の急所を貫いたようで、2匹とも煙へと変わった。

そして図らずもレベルが上がり、感じていた悪寒も吐き気も消えてなくなった。

「さっきのあれは、何だったんだ？　思えば『ファイアーボール』も一回り程小さかった気がする。レベルアップと共にあの悪寒が消え失せたのなら、魔法使用による疲労か？　前回レベルアップから使用し続けた回数は、確かさっきので14回。今のレベルは7だけど、さっきまでの俺の魔力は41。……となれば、『ファイアーボール』1発につき魔力が3消費される計算か？　足りなくても発動はするけど、0になった瞬間あの悪寒と吐き気に襲われる訳か……。あれが強敵との戦いの最中に起きたら非常にまずい。あと何発魔法を打てるか、よく考えながら使わなきゃな」

魔法にも弾数はあるだろうと思ってはいたが、まさか限界が来るとあんな事になるなんてな。だがやはり、実験はしておくべきだな。もし気付かずにレアモンスターとの戦いで発生していたら、死んでしまっていたかもしれない。そしてレベルアップで『魔力』は全快するようだな。これは地味にありがたい。

あとは、さっき気になる事が起きていたな。

「『ファイアーボール』を川にぶつければ、あんな爆発が起きるのか……。これなら、咄嗟の時にも役立ちそうだ。それに、魔法を維持しながらの戦いはどうにも集中できない。けど必要になってから出すのでは手遅れだ。となれば……必要になる状況に追い込みつつ、魔法を行使するか……？」

けどそうなると、相手の行動パターンを予測する必要が出てくる。

何度も戦えば大体の動きはわかるけど、それだと結局、初見の相手と戦う時に苦労することに……。

そんな事を考えつつ、もう1度先ほどの現象を再現できないか試す事にした。今の魔力は42。計算上、14発目はしっかりと発動するが、その瞬間あの症状に襲われるはず。そして適度にモンスターを狩りながら、14発目を発動させた。

「ぐっ……!!」

やはりこの不快感は辛いものがある。しかし、来ると分かっているなら耐えられない事もない。魔法を完全に手放し、近接戦闘だけで何匹もモンスターを狩り、レベルを上げる。

「ふぅ……落ち着いた」

こんなことを毎回していては、心が摩耗しかねない。だが、想定した通りの結果になったことに、俺は小さな満足感を得ていた。

その後も、魔法を使った様々な戦いを試しながらキラーラビットを殲滅していく。今朝と違って、今度は『キラーラビットの角』が鞄を圧迫し始めた頃、レベルが11に到達した。

「ゴブリンより手強い分、レベルが上がるのも早かったな」

ゴブリン100匹で、レベル8から11になったけど、キラーラビット90匹でレベル2から11になった。やっぱりキラーラビットの方が格上なんだな。

周囲を確認し、ウキウキした気分でレベルガチャを起動。いつものように「10回ガチャ」を押した。

『ジャラララララ』

結果は、青色6、赤色3、紫1だった。
「よしっ、また紫！」

『R　器用上昇＋3』
『R　頑丈上昇＋3』
『R　俊敏上昇＋5』
『R　魔力上昇＋3』×2
『R　知力上昇＋3』
『SR　腕力上昇＋12』
『SR　頑丈上昇＋15』
『SR　頑丈上昇＋7、俊敏＋7』
『SSR　スキル：予知』

＊＊＊＊＊
名前：天地　翔太
年齢：21
レベル：1
腕力：59（＋55）

器用：52（＋48）
頑丈：59（＋55）
俊敏：63（＋59）
魔力：42（＋40）
知力：50（＋48）
運：140
スキル：レベルガチャ、鑑定Lv2、鑑定妨害Lv2、自動マッピング、身体強化Lv2、予知、投擲Lv1、炎魔法Lv1

＊＊＊＊＊

「『予知』？　正に読んで字のごとくって感じだけど……。あ、そうだ。マキさんの言うように『ダンジョン通信網アプリ』で確認してみよう」

どれどれ。

『戦闘中、次に相手が動くと思われる、予測された未来を感じ取れるスキル。戦った事のある相手であったり、一度見た動きであるほど、その予測は正確になる。また、なんらかの条件で発生確率が変化するらしいが、希少なスキルである為詳細は不明。末端価格2億～』

俺はその値段が見えた瞬間に端末を切った。うん、俺は何も見てない。

「というか、俺が欲しいと思ってたスキルがそのまま来たな。これも『運』によるものなのか……？

しかし、ステータスだけなら、とっくに初心者の域は脱しているよな。スキルだけでも、こんなに持ってる奴はそうそういないだろうし。スキルの供給源として、頼みの綱であるＳＲからスキルが出ない事があるのは残念だけど、ステータスはステータスで、増えていくのが実感出来る数値だから嬉しいよな。これまで結構引いてきたけど、残りは……」


『ボックスの残り30／１００』


「30個か。使い切りまでもう少しだな」

このスキルを得てからまだ3日目だっていうのに、もうここまで減ったのかという感想と共に、強くなった実感が湧いてくる。

「さて、キラーラビット１００匹まで、あともう少しだ。一気に狩るぞ！」

新たなレアモンスター

「これで、１００匹！」

１００匹目のキラーラビットが煙になって消える。

たった10匹狩っただけでレベルが上がり、現在のレベルは4。『SP』は新たに6貰ったが、一応念のため使わずに確保してある。今までほとんどを『運』に捧げてきた大事なポイントだが、もし戦いの中で使わなければ死んでしまうような危険性が孕むときは、遠慮なく使っていきたい。

「……」

他の、ステータスに……。ううん、土壇場でも躊躇してしまいそうだ。

なんか、ここまで来たら、『運』で良いような気がするんだよな……。

そう考えていると、昨日と同じように煙が意志を持ったかのように浮かび上がり、一気に移動を始めた。

「は、速っ！」

ここは第一層とは違って曲がり角なんてものはない。減速の必要性が無いからか、煙の動きは最初からトップスピードだった。けど、俺だってこれまで成長してきたんだ。『俊敏』ステータスは66。全力で走れば、追いつけない速度じゃないな！

煙は川を越え、平原を突き進んでいくが、止まる気配はない。

道中ゴブリンが何匹もいたが、不思議と奴らは煙を恐れるように逃げて行った。

「あんな怯える様子は見たことが無いな。それに、ここには行き止まりなんてないはず。一体どこに向かって……。ちっ、次は林か！」

煙は無節操に生えてる若木や雑草を無視して、スルスルと奥へとすり抜けていく。けど俺はここに来てまだ林の中には突入したことが無かった。その為、慣れない下草や木々に足を取られ、煙を見失ってしまう。

「くそ、でもあいつは真っ直ぐどこかを目指していた。直線状に追いかけていれば、きっと辿り着くはずだ！」

不思議と、その林ではモンスターと出くわす事無く、そのまま駆け続けた。そんな俺の前に、突如視界が開けた。

そこは花も草木も生えていない、何もない場所だった。たった1つを除いて。

『ギゥゥ……！』

到着するまでの間に、煙は全て消え、中身が出てきたのだろう。

ずんぐりむっくりとした、巨大猪と言わんばかりに大きな体躯を持った兎がこちらを睨んでいた。

その頭部にはキラーラビットよりも鋭利で、捻じれた角が2本もあり、血のように真っ赤な目には純粋な殺意が刻まれていた。まるで、これまで倒してきたキラーラビットの恨みが、積み重なっているかのように。

「か、『鑑定』」

＊＊＊＊＊
名前：マーダーラビット
レベル：20

装備：なし
スキル：迅速
＊＊＊＊＊

「『迅速』？　知らないスキルだけど、名前からして……消えた⁉」

一体どこに。いや。

「そこか！」

『ギッ！』

『ガンッ！』

横に剣を向けると、もう目の前にまで『マーダーラビット』の角が来ていた。とっさに剣でガードしたが、不意打ちの突進によりこっちの体勢は最悪。かろうじて受け止めた角は『鉄の剣』の刀身へと思いっきりぶつかっていた。

強烈な勢いに腕は痺れ、剣からは死を告げる嫌な金属音が鳴り響く。

これはマズイ！

「くっ……おりゃ！」

『ギッ⁉』

腕力に物を言わせて剣を振り上げ、『マーダーラビット』の頭が逸れた瞬間蹴りをお見舞いして距離を稼いだ。

『ミシミシ、バキン!!』

なんとか奴の懐から逃げ出す事は出来たが、その瞬間、新調したばかりの剣は無残にも根元から砕け散った。どうやら、奴の頭突きは鉄すら粉々にするらしい。

それにしても、なんとなく横に来ている事を感じて剣を出したが、これも『予知』スキルのお陰か？　正直、あれが無ければ死んでいただろう。

「剣が一発でダメになったとなると、鎧がある場所で受けたとしても、致命傷だな。武器もなくしたし、防具も役に立たない。……逃げるべきか？」

幸い、周りは林だ。あの図体じゃ通り抜けることは出来ないだろう。

俺は今無性に、あのストーカー連中や『ホブゴブリン』が持っていた鋼鉄装備が欲しくなった。ステータスも上がった事だし、装備しても問題は無いだろう。そしてあれがあれば、コイツともまともに戦えるような気がする。

「……圧倒的に準備不足だな」

正直言って、レアモンスターを舐めていた。1層で勝てたなら、2層も同じように勝てるだろうって。それは、自惚《うぬぼ》れた思い過ごしだったようだ。

反省は済んだ。なら、今はやるべきことをやろう。

「逃げるが勝ち!!」

『ギギッ!?』

俺は『マーダーラビット』に背を向け、全力で林の中へと飛び込んだ。

『ギイィ！　ギイィィ!!』

後ろで何か叫んでいるが、恨んでる奴が逃げ出したらそりゃ怒るか。

「悪いな。装備を整えたらまた挑戦しに……」

『ドンッ！　バキバキバキ！』


「は？」


『ドンッ！　バキバキバキバキバキ！』

『ドンッ!!　バキバキバキバキバキバキ!!』

不吉な音が背後から迫って来ていた。振り向けば、何本もの木々がへし折れる様子が見てとれた。

「嘘だろおい……。アイツ、突っ込んで来やがった！」

スキルで一気に加速して木をなぎ倒し、勢いが弱まったら離れてから助走して激突。それを繰り返して距離を詰めていやがる！

「くそっ」

『ギギイー!!』

『ドカンッ!!　バキバキバキバキバキバキ！！！』

とっさに俺は横に避けると、奴は何本かの木々を吹っ飛ばしながら通り抜けていった。どうやら一度走り出したら止まれないらしい。本当に猪みたいなやつだな。

そして安堵する間もなく、また向こうの方から木々が倒れる音が聞こえてくる。

「くそ、これじゃ逃げられない。それにもし外に出られたとしても、今のアイツは木々が邪魔で本気で走れていないだけだ。何の邪魔もない平原なら、確実に追いつかれる！」

なら、覚悟を決めるしかないよな……！

「剣がダメになった今、俺が今使える武器は魔法と……」

逃げながらもリュックを開くと、ソレが勢いよく飛び出してきた。

「……使えるか？　いや、やり方によっては……」

俺は引き続き逃げ回りながらも作戦を考案し、実行するに相応しい場所を目指した。

◇

俺は今、最初の広場へと戻ってきていた。ひたすらに続く追いかけっこの末、奴は俺を見失ったらしい。

マップを見る限り、奴は林の中をいまだにウロチョロとしている。アイツは林から出られないのか、それとも俺に対する尋常じゃない恨みから、林の中にいる事を探知しているのか……。

まあそれはさておき、俺はこの場で奴を倒すための準備を整えておいた。用意はバッチリOK、心の準備も出来た。あとは迎え撃ってぶっぱなすだけだ！

「俺はここだ、デカ兎！　相手になってやる!!」

大声で叫び、奴を呼ぶ。アイツの恨みを利用した作戦だが、まずは向かってきてくれなきゃな。

『ギギ!?　ギギイ!!』

奴の叫びと共に。木々の悲鳴が聞こえてくる。やはり釣られてくれたか。マップを見れば、奴は前方から一直線にこちらへと向かってくれていた。作戦の第一段階は成功だ。

今回戦う為の武器を両手に持ち、予備を足元へ。リュックは行動の阻害になる為、端へと避けてある。いつでも来やがれ。

『ギギイイ!!』

『ドンッ！　バキバキバキ！』

「そろそろか……」

すぐ近く、視界にあった木々のいくつかがなぎ倒された。奴はもうすぐそこだ。

あいつのせいでここの木々は悲惨な事になってるんだろうな。そんな事を考えつつ、俺は現れるであろう場所を『予測』……いや、確信し、そちらへと腕を伸ばす。

「ファイアーボール」

俺は目の前にファイアーボールを発生させた。すると、対角線上に奴の姿が現れた。

『ドンッ！　バキバキバキ！』

「発射！」

『ボカンッ！』

『ギギッ⁉』

奴がいくら素早くても、直線状に走るしかないこの状況であれば絶対に当てられる。そして奴は、途中で止まることは出来ない。今までの行動を見極め、この作戦を立てた。林の中で使えば火事になって巻き込まれかねないが、この広場なら俺の身は安全だろうからな。

だけど、『ファイアーボール』1発で死んでくれるほど、レアモンスターは柔《やわ》ではない。炎に身を焼かれても、構わず走り抜けようとする『マーダーラビット』に、俺は第二の武器を連続で『投擲』した。

『ドドドッ!!』

放ったのは『キラーラビットの角』。

『鉄のナイフ』は、折られた剣の惨状から見て不適格と判断した。『腕力』と『器用』の高いステータスと『投擲』スキルのお陰で、『キラーラビットの角』は思った以上に深々と、奴の頭部へとめり込んでいく。

『ギ、ギギィ……！』

奴はバランスを崩し倒れ込むが、その目はまだ死んでいなかった。

立ち上がろうと、必死に四肢に力を込めている。

「まだ生きてるのか。お仲間の角ならまだまだあるぞ、受け取れよデカ兎」

『ドドドドドッ!!』

『ギ……』

予備に置いておいた角を投げ終わったところで、ようやく奴は地に伏した。そしてその体から、モクモクと煙が上がりはじめる。

「ぷはぁ、なんとか倒せた～～」

【レベルアップ】

【レベルが4から25に上昇しました】

疲れ果てた俺は仰向けに倒れ込んだ。

「あー、しんどい。こんなにひりつく戦いは初めてだった……。糖分、糖分が欲しい……」

疲れ切った俺は、瞼を閉じて寝転がっていた。

身体が悲鳴を上げているが、それは痛みからじゃない。疲労だった。

今回の戦いで、俺は林の中を幾度となく駆け巡ったが、高い『頑丈』のおかげか切り傷らしきものを一切負わなかった。その上『マーダーラビット』から、直接被弾することもなかった。

これもまた『運』が良かったのか、立ち回りが功を奏しただけなのか……。判断がつかないな。

「あー、なんならもう、角砂糖丸かじりでも構わん……」

あまりの疲労に変な方向に思考が流れていきそうだ。でもここはダンジョン。今は林の中にモンスターがいないとはいえ、それは一時的なものだ。

モンスター達は、元となった煙を見ただけでも逃げ回っていた。元凶となっていたレアモンスターが死んだことで、しばらくすればまた、この林はモンスターの楽園になるはずだ。

どうやらこの『自動マッピング』のスキルは、この階層では本当に視界に入った場所しか書き込まれないらしい。

その為、視界の悪いこの林の場合だと、狭い範囲でしかマッピングは有効に働かないようだった。

だが幸い、今回の鬼ごっこで林の中をいつの間にかぐるりと一周していたらしく、マップには林の全景が収められてた。

だからモンスターが戻って来たとしても、すぐに感知する事が出来るだろう。

それにしても煙ですら逃げ惑うなんてな。俺達人間には感知できない方法で、モンスターはアレを恐れているんだろうか。

「ん？　煙？」

何かを忘れているような気がして、俺はゆっくりと起き上がった。

するとそこには、デカ兎から溢れ出た煙が残存しており……。

「……うげっ‼」

とんでもない爆弾があったことを思い出し、勢いよく起き上がった。

しかし、起き上がると同時に煙はすぐに霧散した。どうやら、デカ兎は全ての煙を放ち切ったようだった。

「……あー、良かった。疲れすぎてガチで忘れてた。そうだよ、次が出るかもしれないんだった！何暢気に寝ころんでんだっての……。それにしても随分考え込んでたはずだけど、長い間煙を出してたんだな。それだけ体格がデカかったってことか？」

あいつ、巨大猪みたいな体格してたもんなぁ。けど、『ホブゴブリン』もデカさで言えば同じくらいかもしれないよな。違いとしては、レベルが10高かったくらいか。……レベルの分だけ消えるのにも時間がかかるのかもな。

これも検証が必要だな。今度からタイマーを持ってこようかな。

「とにかく、まずはドロップ品だ。鑑定しつつ、と」
1：『マーダーラビットの捻じれた角』×2
2：『マーダーラビットの毛皮』
3：『中魔石』
4：『スキル：迅速』

「『迅速』か。これがあれば、再戦する時も楽になるかもな。……あ、一応『ダンジョン通信網アプリ』に載っていないかチェックしよう。えーっと、『迅速』『迅速』……お、あった」

『スキルを使用すると、未使用時と比べ3倍の速度で動けるようになる。また、助走をつける事により更に加速が可能だが、相応の『頑丈』が無ければ使用者の身が持たない。末端価格、6000万～』

値段が見えたところでまたアプリを切った。明らかに『怪力』よりも高かった。

これを提出すれば、支部長もマキさんとの専属を認めてくれるだろう。けど、このスキル無しにアイツと再戦するのは、かなりしんどい。たとえ装備を鋼鉄にしたとしてもだ。

ガチャを使えるから、再戦時は多少楽になってるだろうけど、あの速さに対応するには、スキル無しだと同じ戦法を取る羽目になりそうなんだよな……。

「……考えても答えは出ないな。とりあえず、ガチャを回すか」

スキルの使用は棚に上げて、『SP』を全て『運』に回し、「10回ガチャ」を2回押す。

『ジャラララ』

出てきたのは青が14に赤が5。そして紫が1だった。

『R　腕力上昇＋3』
『R　腕力上昇＋5』×2
『R　器用上昇＋3』
『R　器用上昇＋5』
『R　頑丈上昇＋3』×2
『R　俊敏上昇＋3』
『R　俊敏上昇＋5』
『R　魔力上昇＋3』×3
『R　知力上昇＋3』×2
『SR　腕力上昇＋15』
『SR　魔力上昇＋12』
『SR　知力上昇＋12』

『SR　スキル：鑑定妨害Lv1』
『SR　スキル：身体強化Lv1』
『SSR　スキル：水魔法Lv1』

＊＊＊＊

名前：天地　翔太
年齢：21
レベル：5
腕力：91（＋83）
器用：64（＋56）
頑丈：69（＋61）
俊敏：75（＋67）
魔力：67（＋61）
知力：72（＋66）
運：188

スキル：レベルガチャ、鑑定Lv2、鑑定妨害Lv3、自動マッピング、身体強化Lv3、予知、
投擲Lv1、炎魔法Lv1、水魔法Lv1

＊＊＊＊＊

『ボックスの残り10／100』

「今度は水魔法か。気になるけど、さすがに疲れたな。帰り……たい、が。あと少しでガチャが引き切れるんだよな……。レベルも、今5だし……」

正直言って、頭は糖分を要求している。けど、心はこの先が見たいと叫んでいる。

幸い、ステータスは先ほどまでと比べて更に高くなった。腕力なんて90だぞ。一般的な成長速度を持った奴らの、レベル20～30くらいのステータスにはなったはずだ。

まあ、これだけガチャを回しても、あのストーカー連中にちょっと勝ったかなくらいのステータスしかないのは泣けるが……。それでもスキルの分、他の冒険者よりは有利なはずだ。それは間違いない。

「……なら、もっと高みに行くためにもガチャを回しきっておくか。10個分だけ残ってるっていうのも、なんだか気持ち悪いしな」

結局俺は、帰るという選択肢を放り捨て、レベルを上げる事にした。いつもの剣は使い物にならなくなってしまったが、幸い手元には、ゴブリンドロップの『鉄のナイフ』がある。少々面倒だが、やってやれないことはないだろう。

ナイフを馴染ませるために素振りをしていたが、不思議な事に、この林にはいつまで経ってもモンスターは帰ってこなかった。その為、川や平原にいるゴブリンやキラーラビットを重点的に狩る事にした。

当然、100匹連続にならないよう適度に変えつつだ。しばらくそうして狩っていたが、いまいち集中出来ずにいた。それは糖分不足ではなく、別の部分で。

「うーん、やっぱり気になるな」

その理由は、剣が折れたためナイフを使っているから、というのもあるし、そもそも疲れているのもある。だけど、一番の理由はリュックにしまった『迅速』の存在だった。

『怪力』の時は調べるという発想が無かった為持ち帰る事にしたが、『迅速』は使用した際の効果も能力も、デメリットまでも。全てアプリで確認出来ているのだ。だからこそ、このスキルを自分自身で使用してみた時の感覚が、気になって仕方がない。いったいどんな景色が見えるのだろう、と。

たとえ、マキさんとの専属確約を後回しにしてしまっても、だ。

「……猶予は2週間もあるんだし、スキルを得た上で慣らしてから再戦すれば、今度はもっと楽に勝てるのは間違いない。スキルのドロップ率も、この調子ならだいぶ高いはずだ。……なら、使ってみる、か？」

しばし思考に囚われるが、30秒くらいで決着がついた。

「よし、使うか！」

気になるんだから仕方がない。どうせまた取ればいいんだし！

吹っ切れた俺は意気揚々とスキルを取得し、早速走り出すことにした。

◇

「ふぅー、焦った。あいつみたいに激突しなきゃ止まれないかと思ったけど、そんな事は無かったな」

走り出して速度上昇を体感し始めたころ。アプリには書いてなかったが、『マーダーラビット』の使い方を思い出した俺は一気に血の気が引いていた。つい調子に乗って、3倍どころか4倍ほどの速度になるまで加速したところで思い至ったのだ。

けど、走り続けている内にある程度、速度調整が自由自在である事が分かった。減速を意識すればちゃんと失速するし、加速を意識すれば速くなる。これはかなり融通の利くスキルらしい。

「あの兎は、扱いきれてなかったんだな」

本当はもっと速く動けると思うんだが、これ以上は危険な感じがした。たぶん、俺の『頑丈』が足りていないんだろう。これ以上を求めれば、恐らくまず脚が壊れてスッ転んで、この勢いのまま錐揉《きりも》みすることになるだろう。最悪死にかねない。

俺はこの検証を林を1周する程度にとどめ、そこからはまたモンスターを狩り始めた。

「これを戦いに活かすにはどうするべきか……。一瞬でトップスピードになれるのなら、回避する為に使えるが、減速も活用しないと止まる事が出来ずにどこまでも行ってしまう」

戦いの最中にすっ飛んでいくマヌケな自分の姿を想像しつつ、あーでもない、こーでもないと検証を重ねながらモンスターと戦う。そうしているうちに、俺のレベルは再び11になった。

「なんだかまだ、全然形になってないから中断したくはないんだけど、経験値を無駄にする方が嫌だからな」

そう思ってマップを開くと、ちょっと近い位置に人間の反応があった。

「こんな所に人が来るんだな。念のため、少し隠れるか」

林にはまだモンスターの反応が無かった為、少し奥へと入ってからスキルを使用する。最後の「10回ガチャ」を押した。

『ジャラララ』

出てきたのは青が7、赤が2、紫が1だった。

『R　腕力上昇＋5』
『R　器用上昇＋5』
『R　頑丈上昇＋3』
『R　俊敏上昇＋5』
『R　魔力上昇＋3』
『R　魔力上昇＋5』
『R　知力上昇＋3』
『SR　器用上昇＋12』

『ＳＲ　スキル：鑑定妨害Ｌｖ１』
『ＳＳＲ　俊敏上昇＋30』

＊＊＊＊＊
名前：天地　翔太
年齢：21
レベル：１
腕力：92（＋88）
器用：77（＋73）
頑丈：68（＋64）
俊敏：１０６（＋１０２）
魔力：71（＋69）
知力：71（＋69）
運：２００
スキル：レベルガチャ、鑑定Ｌｖ２、鑑定妨害Ｌｖ４、自動マッピング、身体強化Ｌｖ３、迅速、予知、投擲Ｌｖ１、炎魔法Ｌｖ１、水魔法Ｌｖ１
＊＊＊＊＊

『ボックスの残り0／100』

「SSRのステータス上昇量がえぐいな。おかげで『俊敏』が夢の3桁だ！　スキルが出なかったのは残念だけど、この数値ならRの最低値10回分はあるし、元は取れてるはずだ。それにしても、『鑑定妨害』がやたらと出てくるな……。『運』は200もあるんだし、これも良い事なんだろうけど……。そもそも『鑑定妨害』ってなんだ？　妨害と言うからには誰かからの『鑑定』を阻害するのかな」

そう思っていると、突然カプセルトイマシーンが光を放った。

「うわ、なんだ⁉」

目が眩むほどの輝きに驚くが、それはすぐに収まり再び本来のカプセルトイマシーンが現れる。

いや、形は同じだが、色々と変化があった。

まず筐体《きょうたい》の色だ。

普段あまり意識して見ていなかったが、今までは確か、ボディーの色は真っ白だったはずだ。しかし、今は全体的に青みがかっている。まるで、R枠のカプセルや、青色スライムを彷彿とさせる色合いだった。

次に、正面の張り紙だ。書かれている内容の一部が変化している。

『バージョンアップ！　出現する増強アイテムの効果が高まりました！』
『バージョンアップ！　ガチャの消費レベルが1⇒2に上昇しました！』
『バージョンアップ！　長らくの使用傾向から鑑み、1回ガチャは消失しました！』

『バージョンアップ！　「10回ガチャ」だけでボックスを消費した為、最大数が増加しました！』

『10回ガチャはSRランク以上が確定で3個以上出ます』

『ボックスの残り110／110』

「……ステータスアップアイテムの効果が上がったのは嬉しいけど、まさかの値上がり⁉　いや、でも危惧していたように、ガチャスキルをもう1度手に入れなきゃボックスが更新されない。なんて事態は避けられたんだ。そこはまあ朗報かな……」

それにしてもこの変化、使用者の利用傾向に応じている……？

今後も消費レベルが上がっていく事を考えれば、レベルが上がっていくたびに1回ガチャを使った方が、面倒ではあるが楽が出来たかもしれない。けど、「10回ガチャ」だけで消費しきったからこそ最大数が増加したのであって、例えば「1回ガチャ」を引き続けていたら最大数が減っていたのかもしれない。

楽をしたらそれだけ、あとから手痛いしっぺ返しが来ていたかも……。

「まあそこは、検証のしようがないから想像に過ぎないが……。とにかく、悪い変化じゃないだけ喜ぶとしよう」

となると、次からガチャを回すにはレベルを21にしなきゃいけない訳だ。

ステータスはかなり高い部類になったから、もっと強い奴を倒しまくれば、割と簡単に行けるのかもしれない。特にレアモンスターとかは、低レベルで狩ったらボーナスがあるのか、沢山上がるみたいだしな。でも、狙ってやるにはレアモンスターの直前にガチャを引く必要があるけど、21まで溜め切ってから挑むっていうのは、中々回りくどいな。

……うん。面倒だからレアモンスター討伐を優先するか。今のステータスとスキルの組み合わせなら『ホブゴブリン』の次が出ても何とかなる気がするし。

「おーい、そこの君！」

「ん？」

今後の展望を考えていたら、またしても誰かに声を掛けられた。

振り向けば、そこにいたのは4人の男女。男性3人に女性1人のチームのようだった。装備も鋼鉄装備を身に纏っていて、色合いも似通っている。

しかし、彼らから漏れ出る空気感は、第一層や第二層で狩りをしている冒険者とは違うものを感じた。少なくとも、あのストーカー連中よりも強そうな気がする。

恐らく、彼らの主戦場はもっと下の階層なのだろう。

けど、この場所は第三層へ続く道からは外れているはずだし、この人たちは何をしに来たんだ？でも呼びかけられたのなら、答えるしかない。やましい事をしてるわけじゃないんだし。

とりあえずガチャを消してから林を出た。

「えっと、俺の事ですか？」

「ああ、そんなに警戒しなくてもいい。俺達は様子を見に来たんだ」

「様子？」

「ええ。私達は普段第四層を中心に狩りをしていて、今から帰る所だったの。けど、第二層の入り口で、見た事のない巨大なモンスターを見たって慌ててる人達がいてね。それで確認をしに来たのよ」

不審がる俺の様子を察したのか、女性冒険者が優しめの口調で説明してくれた。

「君はこの辺りで狩りをしていたのなら、何か情報はない？　その、大きなモンスターについて。危険そうなら、安全のためにも私達が倒しておきたいの」

たぶんこの人達が言ってるのは本当なんだろう。慌ててる冒険者っていうのも、俺がアイツと鬼ごっこしてる姿を目撃したに違いない。それを聞いた彼らは、未知のモンスターが暴れているのではと心配になって、ここまで駆け付けてくれたんだろう。

現に、この林は所々で倒木が発生してるし、遠くから見ただけでもズタボロだもんな。そんな現場に留まる俺を見たら、声を掛けずにはいられなくなったわけだ。

ちらりと女性や彼らの装備に目をやれば、確かに長い間戦ってきたのだろう。防具やインナーには拭いきれない汚れが付着していたし、表には出さないようにしているけど、疲労も感じられた。

本当に心配になって、見に来てくれたんだな。

良い人そうだし、正直に話しても良さそうだ。

「ここに出現したレアモンスターなら、俺が討伐しました。他の人達が見たことないっていうのは、協会のデータベースにも載っていない新種だったからだと思います。少なくとも俺は初見だったので」

「えっ⁉」

「新種⁉」

「君が討伐したのか？」

「凄いじゃないか！」

４人はそれぞれの反応を示してくれたが、どれも好意的だった。

疑ったりしないのかな？

「それで疲れてたので休んでいました。これから協会に戻って報告するつもりだったんですよ」

嘘ではない。

レアモンスターを倒して、ちょっと実験して、満足できずにレベルを上げたくらいで、疲れてるのは本当だった。

「何かドロップ品はあったかい？」

「はは、それも協会でお願いしますよ」

「ああすまない、つい興奮してしまった。手持ちのアイテムを聞くのはマナー違反だったね」

「ちょっとリーダー。彼は疲れてるんだから、不安にさせるようなことを言って、余計な気を使わせないで」

「ごめんよー。それに君も、申し訳なかった」

「いえ、初めてのモンスターに興奮する気持ちはわかりますよ。俺もそういう性質《たち》の人間ですから」

「だよね⁉　あ……」

女性に睨まれて、リーダーらしき彼は申し訳なさそうに委縮してしまった。それを見たメンバーたちは笑っている。

良いチームだな。俺も秘密が無ければ、誰かと組めたんだろうか。

チーム……か。もっと『運』を上げれば良い出会いがあるだろうか。

「俺はこのチーム『一等星』のリーダー、シュウジだ。シュウって呼んでくれ！」

「あ、俺はショウタです。一応ソロでやってます」

「やっぱり、ソロでレアモンスターを倒したのか！　やるなあショウタ君！」

俺は彼ら『一等星』の厚意に甘え、雑談をしながら共に帰還することにした。

◇

協会へ辿り着くと、俺の顔を見たマキさんが駆け寄って来てくれた。相変わらず、彼女からは良い香りがするな。心が落ち着く気がする。

「ショウタさん、お帰りなさい！　あ、『一等星』の皆さんもご一緒だったんですね」

「おお、本当にマキさんが出迎えに来てくれた。凄いなショウタ君！」

「いや、あはは」

戻る最中、専属の話が飛び交ったのでマキさんの話をしたらとても驚かれた。まだ仮の段階ではあるが、支部長から課題が出ている事も。

専属は本人の意思と、所属するところの支部長からの許可で確定するが、他の受付嬢ならまだしもマキさんを専属に求めた場合、支部長から無理難題を吹っ掛けられることがあると有名らしかった。軽く合掌されたが、『頑張れよ』と応援もしてもらった。

本当に気持ちの良い人達だ。

「マキさんただいま。ちょっと報告したいことがあって、『一等星』の人達も一緒なんですけど良いですか？」

「は、はい」

困惑気味のマキさんを連れて、いつもの会議室へと入った。

そしてまず、『一等星』のリーダーであるシュウジさん……いや、シュウさんが今回の顛末を語ってくれた。第二層入り口で未知のモンスター発見の目撃証言があり、駆け付けたところ俺が休んでいた。そして、俺がそのモンスターを討伐したのだけど、証拠を確認したい為に一緒に協会へとやって来たと。

「シュウさん、またですか……」

「あはは、いやー、今まで本当に申し訳なく」

どうやらシュウさんは、新しい物に目が無いらしく、見た事のない装備に興奮して、装着した冒険者に突撃する事が何度かあったらしい。暴力的な行為はないものの、いい大人が目を輝かせて駆け寄る行為は、傍から見てる分には面白いが、やられた当人は困るのだろう。

最後にはシュウさんが謝罪し、パーティの紅一点であるアヤカさんが叱るのがいつもの流れらしい。

まあ、シュウさんには悪気はないし、憎めない人なんだろうな。それはここまで戻ってくるまでの短い会話でも感じた事だった。

「まあ俺は気にしてないんで大丈夫ですよ。シュウさんの事もよく知らなかっただけですし」

「ショウタ君、君は良い奴だな！」

「ショウタさんが怒ってないならいいですけど……。では、気を取り直して報告を伺いましょう。ショウタさんはレアモンスターに遭遇し、これを撃破。しかもそれは新種だったと」

「はい。これがドロップ品です」

そう言って俺は、机に『マーダーラビットの捻じれた角』を2本と、『マーダーラビットの毛皮』、そして『中魔石』を置いた。

「デカイ！　長い！」

「シュウ、うるさい」

「これは……このダンジョンで見たことがありません。ですがこの角の形状は……。ショウタさん、今回のレアモンスターは」

「はい、キラーラビットのレアモンスター、『マーダーラビット』でした」

それを聞いた面々は様々な反応を見せたが、マキさんは立ち上がり、すぐに俺の腕を引っ張って壁際にまで連れていった。

そして混乱する俺に、ヒソヒソと耳打ちをして来た。

「ショウタさん、『鑑定』をお持ちなんですか？」

「……あっ」

そうだ、データベースにも載っていない名前を知るには、『鑑定』を使うしかないんだった！

「……もう、気を付けてください。『鑑定』はモンスターやアイテムだけじゃなくて、レベルが上がれば人の情報だって盗み見る事が出来るんです。ショウタさんなら悪用はしないって私は信じられますけど、他の人はそうとは限らないんですからね？」

「ごめんなさい。考えが足りませんでした」

「幸い『一等星』の方々は、この協会所属の冒険者の中でも実力者ですし、信頼もできます。本当に、気を付けてくださいね……？」

「……はい」

『鑑定』の便利さは知っていたが、まさか悪用を疑われる原因になるとは。

でも確かに、よく考えたら『鑑定』はレベルが上がれば上がっただけ、盗み見れる相手の情報が増えていく。強い冒険者の情報を欲しがる奴らもいるのかもしれないしな。

それを思うと、レベルが上がった『鑑定妨害』はそれを弾けるってことだよな。俺のスキルが読まれる危険もある訳だし、高いに越したことはなかったのか。

「『一等星』の皆さん、お話があります」

「おお、君のスキルの事だな？　いいぜ、俺達は何も聞いてないし何も知らない」

「シュウさん……！」

「ええ、持ってる苦労は私も同じだものね。ショウタ君、私も『鑑定』を持っているの。だから危険視されるリスクは分かるわ」

「俺も同意しよう」

「俺もだ」

「皆さん、ありがとうございます！」

本当に『一等星』の人達は良い人ばかりだった。

報告会の続きをしようとしたところで、俺はとある事を思い出し、マキさんの手を掴んでもう一度壁際まで引っ張った。

「え、ショウタさん？」

「すいませんマキさん、ついでにもう1つ相談事が」

「なんでしょう」

今度はこちらから耳打ちをする。

「この場で『鑑定』レベルの数値を言ってもいいんですかね」

「えぇ……？」

それを聞いたマキさんは困り顔になり、ひとしきり悩んだ末に呆れ顔になった。

「仕方がないですね。まず私に教えてくれますか？」

「2です」

「それなら……はい。ショウタさんが良いのであれば、大丈夫ですよ」

優しく微笑んでくれたマキさんに背中を押されて、彼らの許へと戻る。

「すみません、お待たせしました」

「ああ、構わないよ。君たちの逢瀬《おうせ》を邪魔してるのはこちらだからな！」

「シュ、シュウさんっ！」

「シュウ、余計な事言わないの」

「ははは！」

ん？　今逢瀬って言った？

聞き間違いかな……。

「えっと……俺は『鑑定Lv2』を持っています」

「おおっ？　そうなのか！」

「ですがこれも」

「わかっているとも、約束は守ろう。それで、そのスキルがあるという事は敵のスキルも見れたんだね？」

シュウさんが興奮したように続きを促す。本当に新しい情報に目が無いんだな。

「はい。『マーダーラビット』のスキルは『迅速』でした」

「「おお！」」

「『迅速』って、あの？」

「そうですね。『怪力』に次ぐ、ステータス影響型の二次スキルですね」

「二次スキル？」

「はい。『ホブゴブリン』がドロップする『怪力』は『腕力』の影響を受けるスキルで、ランクは二次。その下位互換に一次スキルの『剛力』があります。同様に『俊敏』の影響を受けるのが『迅速』であり、こちらも同じく下位互換が存在しているのです」

『剛力』……。確か、ストーカー連中の1人が持っていたな。

それにしても、皆スキルの名前だけでどんなものなのかパッと浮かぶんだな。俺はどこまで行っても、スライムの事しか知らなかったからな。スライムの動きや生態についてなら、俺は誰よりも詳しく語れる自信があるが……。

それにしてもマキさん、特に何か資料を見ることも思い出す素振りもなく、スラスラとスキルの種類や特性を語ったよな。俺なんて足元にも及ばないくらいの知識量があるんだろう。やっぱり、人気なだけあって努力してるんだろうな。

「ショウタ君、今回はありがとう。君のお陰で実に楽しいひと時だったよ。ショウタ君は今後も第二層で活動するのかい？」

「はい。今日は行ったばかりですし、まだ全部は見て回れてないですから。しばらくはあそこで狩りをするつもりです」

「そうか！　なら、また会った時面白そうな話があれば教えてくれ。次からは対価を払おう」

「またダンジョンで出会う事があるかもしれないけど、その時はよろしくね」

「はい、こちらこそ！」

そうして『一等星』の面々とはお別れをし、部屋には俺とマキさんだけが残った。

すると、マキさんは一際大きくため息を吐き、それまでの愛らしい笑顔から一転。怒りを湛えた笑顔へと変貌した。足元から冷気が昇ってくるのを感じて震える思いをしていると、ジト目でこちらを見てきた。

「ショウタさん」

「あ、はい」

思わず背筋が伸び、顔が強張る。それを見た彼女は、ふっと顔を綻ばせた。

「色々言いたいことはありますが……。まずは無事に帰ってきて下さって何よりです。まずは先ほどの件の訂正からさせてもらいます。新種のレアモンスター『マーダーラビット』ですが、既に当協会である程度、その存在は把握していました」

「え、そうなんですか？」

「はい。ここのダンジョンでは一応未確認だったため新種とお伝えはしましたが、このモンスターは他のいくつかのダンジョンで、キラーラビットとセットになる形で、出現が確認されていました。ただし、キラーラビットとセットになっているレアモンスターは『マーダーラビット』だけでは無いので、確定まではしていませんでしたが、可能性が高いと判断していました。一冒険者では他のダンジョンの正確な情報を得る事はなかなか難しいですから、『一等星』の人達が知らなくても無理はありません」

「なるほど」

と、ここでマキさんは目を伏せた。

その表情は、まるで哀悼するかのように感じられた。

「そしてこのダンジョンに限らない話ですが、いくつかの階層では、冒険者の不可解な死体が発見されています」

「不可解な、死体……」

「不可解と言いますか、その階層で出現するモンスターでは、考えられない死に方をしている、と言った方が正しいでしょうか。第二層で亡くなられた方にも、そのような方が何人もいらっしゃいましたが……。今回、ショウタさんのおかげで、原因不明とされていた内の1つが発見されました」

「それは、もしかして」

「はい。この、『マーダーラビットの捻じれた角』です。これの直撃を受けたのでしょう。身体が2つに分かたれていたり、大穴が開いていたり。……いずれも即死だったでしょうから、苦しむ間もなかったと思います」

マキさんの目から、一粒の涙が流れた。

「悲しい事ですが、冒険者は死と隣り合わせの職業です。モンスターを倒せば強くなっていきますが、それに合わせてモンスターの方も、階層を深く潜れば強くなっていきます。そしていずれは、どんな屈強な冒険者でも、治療しきれないほどの怪我を負って引退するか、亡くなってしまう。そんな中で、ほんの一握りの方達だけが生き残り、最高位の冒険者となるんです」

マキさんは、潤んだ瞳でこちらを見上げてきた。

「ショウタさんは、他の方々のように、死んでしまったりなんて……しないですよね？」

「……」

言葉が詰まった。そして察することが出来た。

恐らくマキさんは、これまで幾度となく、冒険者の死に立ち会ってきた。その度何度も頬を濡らして、耐え抜いてきたんだろう。マキさんほどの人気受付嬢が、専属を持てていないのには、やっぱり相応の理由があったんだ。一体、今まで何人、彼女は喪《うしな》って来たのか。

確かに今日は、今までの冒険者生活の中で、一番身の危険を感じた。

明確な『死』が、頭をよぎった。

スライム狩りなんていう、命の危険もない狩りを、戦いと称して続けてきた。

『運』をひたすらに上げた事でドロップが増して、生活する分には困らない程度には、楽にお金を稼いでこれた。だから、命の危険を冒すほどの、苦労は無かったんだ。

今までの俺は、ぬるま湯に浸かっていたんだろう。今日のアレこそが、本当の戦闘であり、冒険だったんだ。危険を冒して何かを求める者。それこそが冒険者だ。

俺は今日。初めて、冒険者として戦えたんだ。

「マキさん」

震える彼女の手を握る。

ここで彼女に伝えるべきは、取り繕った嘘でも、慰めでもない。俺は俺の思うがままの言葉を伝えたい。

「確かに俺は今日、死にそうになった。一歩間違えれば死ぬところだった。でもそれは、準備が甘かったからだ。今までこれで戦ってこれたんだから、今度もきっと大丈夫だろうって。でもそれは自惚れだった。剣は初っ端に折れて使い物にならなくなり、防具も意味をなさないほどモンスターのレベルは上だった。けど、勝てた。それでも俺は勝てた。なぜならそれは、俺の『運』が高かったからだ」

「……」

「だから今度は、徹底的に準備をする。それさえ整えば、俺は誰にも負けない。でも俺1人じゃ、何から準備をしていいのか分からない。だからマキさん、そのサポートを君にお願いしたい。今はまだ仮だとしても、君はいずれ俺の専属になる。いや、必ず専属にする。2週間なんて悠長なことは言わない。3日以内に約束の物を用意する。君のサポートと、俺の『運』があれば、乗り越えられない壁はない。だから、それを信じてほしい」

「……ふふ、なんですか、それ。そんな口説き文句、初めて聞きましたよ」

彼女は涙を拭った手を、そっと俺の手に重ねた。

「わかりました。ショウタさんの事、信じます。信じさせてください。そして私の全力を以て、ショウタさんをサポートします。だから、これからも、必ず帰ってきてください。……約束ですよ」

「はい、約束です」

また1つ、ダンジョンに挑む理由が増えた。

ダンジョンに潜む謎や、誰も知らない秘密を暴くだけじゃない。ここで待ち続ける彼女に、心配させないくらい強くならなくちゃ。もっと、もっと強く！

秘密の会議場所

繋いだ手を、改めて見る。言葉と気持ちを交わしたおかげで、マキさんとの親交が深まった気がする。専属の本契約はまだなのがもどかしいけれど、もう気分としてはパートナーと言っても過言ではない。

マキさんもそう思ってくれてると思いたい。

「では、改めて。ショウタさんをサポートするために色々とお伺いしたいのですが……」

「あ、はい。……けど、ここではちょっと避けたいですね。たぶんこの部屋、支部長の目があるんじゃないですか？」

「……そうですね。今朝、この部屋の会話が筒抜けだったのは、私も気になっていました。わかりました、ここでその話はやめましょう。あ、じゃあさっきの話も……」

「そうですね。でも、俺は約束を違《たが》えたりしません。きっちり3日で持ってきますよ」

「ショウタさん……！　はい、楽しみに待っています。ですが、決して無理はしないで下さいね。ではどこか良い場所を……あ」

マキさんは、何か思いついたように立ち上がった。

「ショウタさん、準備してきますのでちょっと待っていていただけますか？」

頷くと、マキさんは俺が持ち帰ってきたアイテムを、トレーに山盛りに乗せて部屋から出て行った。今回持ち帰って来たのは、なにも『マーダーラビット』の素材だけじゃない。使用しなかった『鉄のナイフ』や余ったキラーラビットの角。あとはいつも通り100個以上の『極小魔石』があったのだった。

話をするにも、まずあのアイテムの山を処理しなきゃだよな。そう考えていると、マキさんは10分もかからずに戻って来た。

「お待たせしましたっ」

「あれ、早かっ……え？」

そこにいたマキさんは、いつもの協会の制服ではなく、私服姿だった。

マキさんは照れ臭そうに笑い、はにかんでみせた。

「……どうですか？」

「とっても、可愛いですけど……なんで」

「よ、良かったです。今日はもうこのまま退社しますから、この格好で構いません。裏口から行きましょう。安全にお話しできる場所があるんです」

そう言ってマキさんは、俺の手を引いて移動し始めた。

当の俺はマキさんの私服姿と握られた手にドキドキしっぱなしだった。どうか、この音が聞こえていませんように……！

……ん？

どうやらマキさんが向かっているのは、協会に隣接する建物のようだった。そこにも、協会を表す紋章が刻まれている。マキさんに先導されるまま建物を上って行き、カギの掛かっていた部屋へと入って行く。

電気がつくと、そこはまるで生活空間のようで……。え？

「ようこそいらっしゃいました」

「あ、はい。いらっしゃいました……？」

「えへへ。その……ここは私と姉さんの部屋なんです。ここなら誰にも邪魔されませんよ」

「……」

……え？

「ええっ!?」

◇

「落ち着きましたか？」

「……はい、なんとか」

マキさんが淹れてくれたお茶を飲んで、一息つく。

アキさん経由で聞いていたのか、彼女は俺好みの分量で、砂糖がたっぷり入れられたミルクティーを作ってくれた。糖分が体中に行き渡るのを感じる。

そういえば、ダンジョンから戻って以降、まだ1度も糖分を補給していなかった。マキさんが淹れてくれたお茶ということもあってか、本来の数倍美味しく感じる。ああっ、もうなくなってしまった！

「ふふ、お代わりですか？　遠慮なく言ってくださいね」

「ありがとうございます……」

マキさんとは今、小さな机を挟んで対面で向かい合っている。この机、思った以上に小さくて、マキさんの顔がすぐそばにあって、かなり気まずい。

「それではまず、お互いを知る為に自己紹介から始めませんか？」

「あ、わかりました。えっと、名前は天地　翔太、21才。冒険者歴3年です」

「では私の番ですね。名前は早乙女　真希、19才です。受付嬢は、ショウタさんと同じ3年目ですね」

「え、マキさん年下⁉」

って事は、マキさんは学生時代から受付嬢の仕事をしてきたのか。受付嬢を輩出するスクールは難関で厳しい事で有名だったけど、想像以上にスパルタなんだな。俺はスクールに通うお金が無かったから、高校在学中にゴブリンを討伐して資格を取って、卒業後はずっと『アンラッキーホール』だ。

それにしても、いきなり衝撃的な話がやって来た。

アキさんがやたらとお姉さんぶるから、その妹でかつそっくりなマキさんも、同じく年上なのかと……。

「もう、いくつだと思ってたんですか」

「いや、しっかりしてるし、綺麗だったから。すっかり年上だとばかり……」

「そ、そうなんですか……」

マキさんが顔を赤らめてしまったので、こちらも恥ずかしくなってしまう。

この空気でずっといるのは辛いので、自己紹介を交互に交わす事にした。好きな食べ物、憧れの冒険者。苦手な事や最近あった出来事まで。

その中で、趣味を語り合う流れになり、彼女は『寄せ植え』と、『香水作り』が好きであることを知った。寄せ植えは簡単に言うと小規模なガーデニングだそうで、部屋をよく見渡せば、そこかしこに生花が飾られていた。思えば、昨日と今日で会議室に飾られていた花は違うものだったな。あれらも彼女が管理しているのかもしれない。

そして彼女から感じる、心が落ち着く香りは、彼女が調合した香水の匂いだったんだな。

ちなみに俺の趣味は、ダンジョン探索だが。

「ふふ、知ってます」

「あはは、ですよね」

それにしても、これじゃお見合いだな。

「あの、ショウタさん。私は貴方より年下ですし、専属になるんですよね。でしたら、これからは堅苦しいのは抜きにしませんか？」

「え……。じゃあ例えば、呼び捨て、とか？」

「は、はい。お願いします」

「それじゃあ……マキ？」

「は、はひっ」

顔を真っ赤にしながらも、嬉しそうに返事をしてくれる。なにこれ可愛い。

お見合い、か。自分で考えておいてなんだが、俺は彼女に気があるのか？

「……」

無いとは否定できない。それくらいマキの事は気に入ってるし、他の奴の専属になるのは考えただけで腹が立つ。今後ダンジョンを攻略する上で、彼女の存在は必要不可欠だと思う。

人気という事はそれだけ能力があるということだ。協会に記載されているプロフィール情報によれば、マキは去年、受付嬢の業務に就きながらも専門の学校を首席で卒業している。冒険者の適性もあったようで、そちらも一年ほど経験があるようだ。知識もあるし真面目で努力家。

そう思うと、専属はアキさんである必要はないよな。あの人も美人ではあるんだけど、よくわからないとこあるし。こちらから近づいても、一定の距離を保たれてるというか、雲のように掴めないというか。

それに、役に立つかと言われると……。うーん。安請け合いしちゃったかな。でも、あの人の紹介が無かったらマキとは知り合えなかったと思うし。プラマイゼロ、いや……多少プラスか。

「じゃあマキ」

「はひ！」

「信頼の証に、今の俺のステータスから伝えるね」

「……はい！」

マキは表情を切り替え、一瞬で受付嬢の顔へと戻った。まだ顔がちょっと赤いけど、触れないようにしてあげよう。

彼女からペンと紙を受け取り、この数日ガチャを引きまくって成長したステータスを、書いて手渡した。勿論レベルは伏せて。

さすがにこのステータスでレベル1は信じられないだろうし。……いや、今のマキなら信じてくれるかもしれないけど、ひとまず『レベルガチャ』の存在だけはもうしばらく伏せておこうと思う。

なぜかは分からないけど、そうした方が良いと感じたからだ。

「これが……ショウタさんのステータス。聞いていたのと全然違いますね」

「それは、やっぱりアキさんから？」

「はい。ショウタさんの事は、2年ほど前からずっと知っていたんですよ。まあ、姉さんが教えてくれる、一方的なものでしたが」

「そ、そうなのか……」

なんだか恥ずかしいな。

あの人、一体どういう風に伝えていたんだ？

「姉さんはショウタさんの事をこう言ってました。『どんなに頑張っても結果が実らなくて、ずっと弱いままで。でも、投げ出すことなんて一切なくて。全てを受け入れて、いつも楽しそうにスライムを狩ってる、面白くて変な奴』だって。それで姉さんはいつも自慢げに教えてくれるんですよ、今日は何匹倒してたとか。何個の魔石を納品してくれたとか。あとは所用で数日休んだ後の日なんかは、査定カウンターから溢れるほどの魔石を見せられて大変だったとか。フフ。最初は週に1回程度だったんですが、時が経つにつれ3日に1回、2日に1回、ある時を境にもう毎日聞かされるようになりまして……」

「それは……嫌でも気になるね」

アキさん……どれだけ自慢してるんすか。流石に毎日はやりすぎですよ！

「ふふ。それで私、姉さんが言うショウタさんに会ってみたいなって思ったんです。どんな人なんだろうって」

「あ、会ってみて、どうだった……？」

「はい、とっても素敵な人でした！」

「うっ！」

ずるいぐらい可愛い！　そして笑顔が眩しい!!

「……あ。その会いたいって思ってくれたのって、半年くらい前だったりする？」

「あ、はい！　そうです。その頃に姉さんにお願いしてたんです。こっちの協会に呼んで貰えないか、って」

「ああ、あれはそういう事だったのか。半年ほど前のある時から、アキさんが突然『他のダンジョンでも稼げるはずだから行ってみたら？』なんて言ってきたんだ。普段はやる気がないくせに、珍しく営業トークをしてきたから変なものでも食べたのかと思ったよ」

「ふふふ」

まあ、思うどころか口にして、思いっきり拗ねられたけど。

その後も何日かおきに営業トークされて、いつの頃からか毎日のように言われるようになったんだよな。俺としてはいつものお世辞だと思ってたのに、アキさんとしては妹の頼みを叶えたかったんだろうか。でも無理強いは出来ないし、実情を言う訳にもいかないから、せめて毎日伝えることしか出来なかった、とかかな。アキさんも不器用だなぁ。

「マキは、アキさんに愛されてるんだね」

「そうですね、私も姉さんの事は大好きです」

「はは、ごちそうさま。それじゃ、続けてスキルも教えるね」

「は、はいっ」

そうして俺は、『レベルガチャ』を除くすべてのスキルを書いた。勿論、『迅速』もだ。

「……すごいです。こんなに沢山のスキルに、いくつかは複数重ねて……。中級の冒険者でも、ここまでの人は中々いませんよ」

「やっぱりそうなんだ？」

『怪力』や『迅速』。更には『予知』の値段からも感じていたが、強いスキルは、不自然なくらい値段が高すぎるんだ。それだけ有用といえばそうなのかもしれないが、でもあの値段からは、出品数が少なすぎて、必要としている人に回りきっていない状況が読み取れる。

支部長も、『怪力』の出品で大勢の人が集まると言っていたし、滅多にない事なのかも。

「ショウタさん、いくつかお聞きしたいのですが」

「いいよ。答えられる事なら」

「ショウタさんは2日連続でレアモンスターと遭遇し、それを討伐しました。そして、スキルオーブを2つとも獲得しました」

「……そうだね」

「狙って取ったんですか？」

「……うん」

「……」

マキは目を閉じて、何かを考えているようだ。

彼女の中で答えが出るまで、じっと待つ。

「ショウタさん」

「うん」

「そのやり方、まだ公開はしないでください」

「……良いの？　協会としては、喉から手が出るほどの情報だと思うけど」

「そうですね、確実に利益が出ますし、お母さん……協会長やその上にいる人達は絶対に欲しがるでしょう。もしかしたら、冒険者の事故も減らせるかもしれません。ですがこれは、ショウタさんが見つけた手段であり、ショウタさんの力になるものです。なので公開する時は、ショウタさんが満足してからで構わないと思います」

まさかそんな答えが出てくるとは。

俺の抱える秘密の中でも、『レベルガチャ』に次いでかなり重要な情報だとは思ってる。それをまさか、秘密にしていて構わないと言われるとは。

ちなみにその次に大事だと思ってるのは当然『運』である。

「不思議そうですね」

「確かに意外だった。マキの口からそんな言葉が出るなんて」

健気に冒険者たちの安否を気にするマキなら、レアモンスターの出現方法は、彼らの生死に直結する情報だ。知りたくて仕方がないと思っていたのに。

「当然です。だって、今私にとって一番大切なのは、ショウタさんなんですから。ショウタさんが死なないようにするためなら、私はどんなことだってしてしまいますよ」

「マキ……。ありがと、すっげー嬉しい」

でも、そうだな……。危険を減らせるに越したことはないし、それで事故が減るのなら、あの情報は伝えて良いかもしれない。

「マキの気持ちは分かった。けど、それでマキの信念を歪めたくはない。マキが俺の事を大切だと思ってくれるように、俺もマキの事を大切にしたい。もしも我慢することでマキが苦しい思いをするのなら、それは俺にとって憂慮するべきことだ」

「ショウタさん……」

「だからマキ、君に1つだけ伝えておきたい事がある。俺としてはこれを伝えても損にはならないと思った。もしこの情報が俺の不利に繋がると判断したとしても、胸の内に仕舞わず、開示してほしい」

「……わかりました。お願いします」

まずはレアモンスター出現時に必ず現れる、挙動が異なる煙について話した。

特定の場所まで移動し、そして中からレアモンスターが現れると。

「移動する煙、ですか。確かそんな目撃情報が本部の資料にあったような……。続けてください」

そしてその煙は、他のモンスターから畏怖されている事を伝えた。モンスターが逃げ出したり、人を襲うよりも逃げる事を優先するようなことがあれば、注意して欲しいと。

伝えたいことは以上だと伝えると、マキは深くうなずいた。

「……ショウタさん。貴重な情報、ありがとうございます。ショウタさんの気持ちに応えるためにも、なんとか冒険者の人達を危険から守れるよう整備したいと思います」

「情報を信じてもらう為の手伝いなら、いくらでもするからね」

「はい、ありがとうございます」

そう微笑む彼女は、とても魅力的に映った。

今日は色んな表情のマキが見れるなと感慨深く思っていると、壁時計が鳴った。どうやら、もう夜の7時のようだ。

「あ、もうこんな時間。ショウタさん、その……夕食、食べて行かれますか？」

「えっ!?　あー……。すごく後ろ髪を引かれるけど、絶対アキさんと鉢合わせするよね、それ。揶揄われるのは目に見えてるし、まだ正式な専属じゃないから、遠慮しとく。だからそれは、『迅速』レベルのアイテムを持ち帰った時に頂こうかな」

「わ、わかりました。その時を、楽しみにしていますね」

「うん。あ、さっきの話なんだけど、アキさんには……」

「はい。秘密にしますね」

マキはノータイムでそう答えた。

その気持ちも嬉しい。けど、彼女がアキさんのことが大好きなのは、もうよくわかってる。だから、俺に遠慮する必要はないいんだ。

「マキは……お姉さんの事は信じられる？　絶対に漏らさないって、確信できる？」

「それは勿論です。世界で一番……あ、その、ショウタさんと同じくらい、信頼してます」

面と向かってそう言われると、やっぱり照れるな。

こんなに信頼してもらってるなら、俺も信じなきゃ。

「あはは、ありがと。マキが信じられるのなら、アキさんにだけは教えて良いよ」

「ショウタさん……！　ありがとうございます。明日の下準備、任せてください！　姉さんと一緒に、徹底的に考え抜きますから！」

「よろしく、楽しみにしているよ。金に糸目を付けなくて良いからね。足りなかったら俺が稼ぐから」

「はい！　あ、そうだ。今日、コンビニでお弁当を買っていましたよね。良ければなんですけど、明日はショウタさんの分のお弁当を、作って行っても良いですか？」

「え、マジで？」

「はい、マジです」

「うわ、嬉しい。めっちゃやる気出てきた!!」

「ふふふ」

そうして俺はマキと別れ、とても明るい気持ちで帰路についた。

そう言えば、ストーカー連中の件、伝えるのを忘れていたな……。

まあでも、あいつらのことはいいか。マキの専属は誰になるのか、もうほぼ確定してるわけだし。

それに俺はそんなことよりも、もっと有意義な事を考える事にした。

これからのマキのこと。弁当の事。そして……ダンジョンでの狩りについてだ。

姉妹の報告会2

「たっだいまー!」

ビニールにはいつもの如く、缶ビールとおつまみ。仕事終わりに、これと一緒に妹が作った夕食を嗜む。いつものルーティーンだ。けれど今日はおつまみの代わりにケーキが入っていた。

大事な妹に、信頼できる冒険者が専属を希望したからだ。

「あ、姉さん……。おかえりなさい」

「マキー、おっつかれー! 今日もうちは暇だったよー。ショウタ君が恋しいなぁ。でも、そのおかげでマキの方はお赤飯だねー！」

「あ、う……」

「あれ？」

今朝、ショウタ君の方からマキを専属にしたいという話があった。専属の事をよく知らないショウタ君なら、やってくれるんじゃないか。そう期待していたが、期待以上の早さで届いた報告に、電話をもらった時は小躍りしたくらいだった。

彼がいなくなってまだ2日目なのにもかかわらず、寂しさを感じていたけど、その反面マキの近況は喜ばしいものだった。なので、心から祝福するつもりで、いつものように冗談っぽく言ったのだが……。妹の反応が何やらおかしい。

いつもなら冷めた目でツッコミが来るか、スルーされるところなんだけど……。

めっちゃ照れてる⁉

「も、もしかして、マジなの？　マキに、先越された⁉」

「え？　……あ、ち、違うの姉さん。ショウタさんとはまだ、そこまでの関係には……」

「ま、まだ⁉　ってことは今朝以上に進んでるじゃん！　ちょっとちょっと、何があったか話しなさーい！」

そうして、アキはあの電話のあとから、何があったのか事細かく妹から説明を受けた。

◇

「……そう。ボロボロの状態で戻ってきて、タガが外れちゃったのね」

「うん……。剣は戦いで折れて紛失していたし、怪我は無かったけど防具は泥だらけだったの。それで、心配になって……」

ダンジョンが出来てからこの10年、高額なスキルオーブや宝を求めて、沢山の人が冒険に出た。そして、戦えない体になって戻ったり、帰らぬ人となってしまった。けど、そんな中でも生き残り、戦い続けている人達がいる。そんな生きた伝説と呼ばれる人達に憧れて、いつか送り出せる側になりたいと思って、あたしもマキも紆余曲折の末にこの仕事を始めた。


けど、現実はそう甘くなかった。


初心者ダンジョンは、ダンジョン全体で見れば比較的優しい部類の場所だ。けれど、モンスターが弱いとしても、集まる人間もまた、モンスターに慣れていないひよっこ達ばかりなのだ。その為、どんなに注意しようとも、事故は起きる。そして不幸にも、配属されて1年もしない内に、この子は冒険者達の死に、何度も立ち会ってしまった。

そのせいで心を痛めて、自分を追い詰めるようにまでなってしまっていた。

ダンジョンはとても怖くて危険な場所なのに、自分達は彼らをお金の為に死地に向かわせているんだと。元々争い事が苦手な性格の為、冒険者としての生き方を拒絶してまで受付嬢としての仕事に就いたのに、1年目にしてこの子の心は潰れかけていた。

そんなマキを放っておけなくて、気がまぎれるものはないか探し始めた。けど答えは、すぐ目の前にいたのだ。

そう、ショウタ君だ。

彼は『アンラッキーホール』から人がいなくなり始めた頃にフラリとやってきて、そこから毎日顔を合わせた。何も旨味が無いダンジョンとして、沢山の冒険者達が離れていく中で、あいつだけは残り続けてくれた。あたしもあの頃は色々とあって、お母さんの伝手《つて》でダンジョンの支部長という肩書を任された。

けれど、どんなに運営を頑張ろうとも冒険者は集まるどころかどんどん出て行く。上手く行かない現実に嫌気がさしていたあたしは、いつまで経っても楽しそうなあいつの姿に、たぶん救われたんだと思う。

あいつは他の冒険者とは違って、ダンジョンを『お金を稼ぐ場所』ではなく『楽しい遊び場』かなにかのように扱っていた。あんな地味で変化のないダンジョンを、毎日楽しく駆け回るような変わり者だった。

確かにスライムは、遊び半分で倒せる最弱のモンスターだ。

けど、それを冒険者の仕事として、何年もの間ずっとずっと狩り続けるなんて普通は無理だ。彼がやっているのは苦行そのもの。他の人にやらせたら、あまりに変化のない地味な内容に、気を病んでしまうかもしれない。あたしだって、絶対に真似できないし、したくはない。

昨日と今日みたいに、暇つぶしに数十体掃除するくらいで十分だ。

だというのに、彼は毎日笑顔でやってきて、帰るときも笑いながら戻ってくる。しかも、月日を追うごとに、異常な量の討伐報告と魔石を持って帰って来る。

数日支部を離れる用事が出来てしまい、久々に査定カウンターを再開した時には、溜まりに溜まった『極小魔石』の量に、ひっくり返ったことさえあった。あれはちょっと夢に見るレベルよ。

10年前のダンジョンが発生したあの日、人類には2つの変化が起きた。1つは7種のステータス。そしてもう1つは、一部の人間に鮮やかな色の髪が与えられた。それは生まれ持った新たな『才能』として注目を集めたが、同時に明確なヒエラルキーも発生させた。ステータスには初期値と成長値が存在し、高ければ高いほど珍しく、羨望の的になった。また髪色も、後年改めて事実無根と証明されたが、当時は髪の色が明るいほど高い潜在能力を秘めていると話題になった。あたし達姉妹も、ずば抜けて高いその能力値と、黒から大きく変化した髪色で注目を浴び、持て囃された記憶がある。だけど、能力値が高いからって、それが戦いに向いているとは限らないのだ。逆に彼のように、戦いに向いた価値観と精神性を有していても、能力値に見放されている場合だってある。世界は本当に不公平だ。

けど彼は、そんな逆境に立たされながらも、真っ直ぐに生きている。そんな彼なら、マキの心にいい刺激を与えられると思った。決して強くはない。むしろスライムと並んで世界最弱と言って良いほど貧弱だった。だけど、ダンジョンをここまで楽しんでるような冒険者は、ショウタ君以外にあたしは知らなかった。

マキの方も、あたしの熱意にやられたのか、それとも本当に気になっていったのか。いつからか会いたいと言ってくれるようになった。そして長い勧誘の末、ついにショウタ君を誘う事に成功し、マキの笑顔を取り戻せるチャンスが来たと思った。

だから、支部長権限を使って『専属』と『専属代理人』を急いで指名したんだけど……。

「ショウタ君、いくらマキが可愛いからって、手が早すぎる……！　なによ、『俺の『運』があれば、乗り越えられない壁はない』なんて。いつの間にそんなカッコイイセリフを言えるようになったのよ。あたしの事は3年間ノータッチだったくせにー！」

「それは……。姉さん、照れ隠しに距離を置いたり、揶揄ったりするからでしょ」

「うっ」

「姉さんもこの前マンガを見て言ってたじゃない。リアルのツンデレ？　は伝わりにくいって」

「うぐっ！」

「ショウタさん、ついさっきまでここにいたけど、姉さんに揶揄われるのが嫌で帰っちゃったんだ～。姉さん、避けられてるよね？」

「ぐふうっ！　……う、うわーん！　あたしだって、ショウタ君と一緒にいたかったのに～！　マキがいじめるよ～!!」

「はいはい、ご飯にするから待っててねー」

「扱いがひどいー！」

散々泣いて拗ねていたアキだったが、夕食とビールの力で元通りに復活していた。

そんな姉を愛しく想いつつ、マキはショウタから聞いた現状を説明する。

「えぇぇ……。ショウタ君ったら、いつの間にそんなことに……。レベル30になったときだって、ステータスは悲惨だったし、スキルだって何も持ってなかったのに」

「姉さんって、『鑑定Lv4』だったよね」

「そ。ステータスの詳細まで見れるってやつね。あーしくったなぁ、あの時見ておけばよかった。ショウタ君が『アンラッキーホール』を離れるって決めた時、絶対何かあったのよ。じゃなきゃ、あんなに執着して1日たりとも休まなかったスライム達から、距離を置くなんて考えられないもの。しかもいつの間にやら『鑑定妨害Lv4』まで持ってるなんて……。同じレベルじゃ、効果が打ち消し合って何も見れないじゃない。まるであたし対策よ、こんなの」

「ふふ、そうかもしれないね。でも、私はいつかショウタさんの方から教えてくれる日が来るのを、楽しみにしてるの。だから、それまで待つって決めたわ」

「うぐぅ、マキがいつの間にか女の顔になってるぅ……」

また泣きそうになる姉を宥めて、マキはそれ以外に起きた事、そして今後どうするかについて伝えた。

「うへぇ。ストーカーにお母さんからの試験かぁ。ショウタ君も大変ね」

「そうなのよ！」

「まあストーカーは、何となく顛末が読めるから置いとくとして」

「お、置いとくんだ」

「試験の方は、ショウタ君には悪いけどいつもの事だし仕方がないと思ってしまうわ。あの時のマキの事、一番近くで見てたのはお母さんだもん。マキが冒険者に肩入れしすぎないように、無茶な内容を要求して専属を諦めさせようとしてるのよ。やり方は乱暴だけどね。そんな無茶くらい簡単に跳ね返せそうな実力者じゃないと、あの人は安心できないってことね」

「だけど、あんな難しい条件なんて！　もし今回上手く行かなくて、失敗なんてしたら」

ショウタ君に提示された条件は、今まで以上に重かった。そして危うく命を落としかけた。だから、マキは納得できないのね。そうなった理由まで、読み取れていないから。まあ、あたしにはわかっちゃったな〜。条件の難易度が爆上がりした理由。

「ねえマキ。実力を見誤ってレアモンスターを狩りに行くような奴が、長生きできると思う？」

「そ、それは……」

「でしょ。もしそこで倒されるようなことになるのなら、遅かれ早かれダンジョンで死ぬわ。ダンジョンはどんなに足掻こうと、実力に見合わない対価を求めたら、命を呑み込んでしまう危険な場所であることに変わりはないのだから」

「……」

「それに、多少の無茶と無謀があったとはいえ、ショウタ君はそんな逆境を乗り越えて、戻ってきてくれた。そうでしょ？」

「……うん！」

けどそれは結果論だ。

お母さんは知らないんだろうけど、ショウタ君とマキとの関係は、昨日今日で始まった話じゃない。最低でも2年近い関わりがあるんだもの。そこに危機感の足りてないショウタ君だ。もし今日のレアモンスターとの戦いで彼が亡くなってたら、ショウタ君のおかげで立ち直っていたこの子はきっと……。

てか、あたしだって正気じゃいられないわよ！

「姉さん？」

「ううん、なんでも。あと、ショウタ君もマキも気付いてないから言うけど、お母さんは真の意味での専属も警戒してるのよ。娘が初めてその気になってる相手の実力は、知っておきたいじゃない？」

「は、はうぅ……」

真っ赤になっちゃって、可愛いんだから。

しっかし、初期装備のまま2層のレアモンスターに挑むなんて、本当に危機感足りて無さすぎるのよ。どれだけ無謀な事をしたのか分かってるのかしら。マキだけじゃなく、あたしを心配させた責任は取ってもらうんだから。

危険な目に遭った事だし、今回の事をちゃんと反省してくれてれば良いんだけど……。ま、マキを悲しませるようなことはしないと思いたいわね。男らしい約束をしたみたいだし？

……やっぱりズルイ。あたしだって、こんなに好きなのに。

「それで、今後危険な事を回避させるためにも、彼の強さを基に適切な装備を用意してあげたいってことね？」

「うん。ショウタさん、今までずっと鉄の装備で、グレードアップする必要もなかった。だから、どの装備がどんな性能かなんて、全く知らないの」

「それはそれで、冒険者としてどうかとは思うけどね」

「本来、それを教えるのが姉さんの仕事なんですけどー？」

「……ハイ」

ぐうの音も出なかった。

でも、危機感があればもうちょっとマシな装備にしようって発想くらいあるはずなのよ！　鉄より上に乗り換えるくらいのお金はあるはずだもん！

「おほん。だから、ショウタさんにピッタリの装備を用意してあげようよ。勿論お金に限度額は無しで。さっきお母さんから連絡があったけど、最低価格3500万からスタートするらしいの」

「結構いい値段になってるわね。こっちの競売に出るのは3ヶ月ぶりだし、5000は堅いでしょ」

「うん。だから協力して、姉さん。『私の』ショウタさんの為に」

「ちょ、そこは『あたし達の』、でしょー？　じゃ、オークションもまもなく開始みたいだから、中継映像みながら装備の吟味をしていきましょ」

妹に心からの笑顔が戻った。

ならあとは、これを曇らせたりしないよう全力でお膳立てするだけよ！

……それにしても、苦手意識持たれてたなんて。失敗しちゃったな。

今度あったら、て、て、手加減くらい、してあげようかな。

[初心者歓迎]Ｎｏ．５２５初心者ダンジョンについて語るスレ　[第３１１階層目]

１　名前：名無しの冒険者
ここはＮｏ．５２５初心者ダンジョンに集まる、駆け出し冒険者の為の掲示板です。ルールを守って自由に書き込みましょう

◇

６３１　名前：名無しの冒険者
例の連中、フル鉄君を尾行する様子を確認。

６３２　名前：名無しの冒険者
何の話？

６３３　名前：名無しの冒険者
詳しくは４００前後をみろ

６３４　名前：名無しの冒険者
まあ結果は気になるけどな。本当にそいつが『ホブゴブリン』を倒したのかとか

６３５　名前：名無しの冒険者
けど結局、昨日先輩達は誰も倒してないって話だったろ？

フル鉄君だって伊達に３年続けてないんだから、『ホブゴブリン』を倒すくらいの実力はありそうだけどな

６３６　名前：名無しの冒険者
けど、鉄装備で勝てるもんか？
イメージ出来ないんだが

６３７　名前：名無しの冒険者
それは知らんけど

６３８　名前：名無しの冒険者
ま、それと時を同じくして、今日も専属お誘い会は大変盛況だったぞっと

◇

６９０　名前：名無しの冒険者
おいおい見たかよ、あのマキさんがお見送りしてたぞ！

６９１　名前：名無しの冒険者
くっそ羨ましいぃぃぃぃ！！！

６９３　名前：名無しの冒険者
スライムハンター、爆ぜろ

６９７　名前：名無しの冒険者
協会前は静かなもんだったが、空気は冷え切ってたぞ
まあマキさんの前では騒がない辺り、民度たけえな。案の定ここだと阿鼻叫喚だが

６９９　名前：名無しの冒険者
そして時を同じくして　＞＞３９８　の社会的死亡が無事確認された
スライムハンターを追う連中、マキさんが冷ややかな目で見てたぞ

７００　名前：名無しの冒険者
本人たちは気付いていなかったがな
俺もあんな目で見られたい

７０１　名前：名無しの冒険者
ＨＥＮＴＡＩかよ。わかるけど
ついでに罵られたい

７０２　名前：名無しの冒険者
わかるなよ。わかるけど
俺は踏まれてみたい

７０３　名前：名無しの冒険者
ここはいつから養豚場になったんだ？
ちなみに、そのフル鉄君はどうなったんだ？

▶▶▶▶

７０４　名前：名無しの冒険者
こちら第二層階段前
休憩中なんだが、例の奴と例の連中と思わしき奴らがさっき通って行ったぞ。
どうぞー

７０５　名前：名無しの冒険者
有能
でもま、第二層でやっていける腕前はあるのか

７０６　名前：名無しの冒険者
さっきちらっと見たけど、ゴブリンの首をあっさりと斬り落としてたぞ
あの動きは初心者じゃ出来ねえよ

７０７　名前：名無しの冒険者
お前にも？

７０８　名前：名無しの冒険者
やってやらぁ！

◇

７１５　名前：７０８
むりでした

７１６　名前：名無しの冒険者
無茶すんなよ

７１７　名前：名無しの冒険者
それじゃ、やっぱただもんじゃなかったってことだな
それでも、本物の専属クエストは無理だろうけど

◇

７６５　名前：名無しの冒険者
第二層に見たことないモンスターを発見。場所は、入り口から右手にある、
『虚無の森Ｂ』地点だ

766　名前：名無しの冒険者
『虚無の森』って、あの何もいないところだよな

767　名前：名無しの冒険者
見間違いとかじゃねえよな？

768　名前：名無しの冒険者
あんなクソデカイウサギ、見間違えようがないわ
うちのチームメンバーも見てたし、何よりあそこの林が、音を立てて何本もへし折られてたんだぞ

769　名前：名無しの冒険者
まじか。そんなモンスターの情報今までなかったよな
とにかく無事でよかった。今は撤退したのか？

770　名前：名無しの冒険者
現在第二層の入り口で注意を呼び掛けてる
さっき、『一等星』の人達が様子を見に行ったから大丈夫だと思うが……
レアモンスターに出会うなんて厄日だ。今日は早上がりして、協会に報告に行くよ

771　名前：名無しの冒険者
賢明だな。とにかく、無事で何よりだ

772　名前：名無しの冒険者
危険があったらとにかく逃げる。それがダンジョンの鉄則だしな

773　名前：名無しの冒険者
けど、林が何本もへし折られてたってことは、何か追っかけてた可能性があるな
死人が出ない事を祈るぜ……

招かれざる客

「おはようございます！」

翌朝、協会の扉を開けると眩しい笑顔で微笑むマキに出迎えられた。どうやら俺が来るのを、エントランスで待ち構えていたようだった。

「お、おはようマキ。もしかしてここで待っていてくれてたの？」

あまりに突然だったので、心の準備が出来ずにビクッとなってしまった。

昨日彼女との仲は多少深まったとは思うが、彼女の距離感の縮め方は、俺の想像を軽く超えてきていたようだ。挨拶を交わすと、マキはこちらに駆け寄ってきて、目と鼻の先の位置で止まった。

それは手を伸ばさずとも触れられるほどの距離で、彼女の吐息がこちらに届くほどだった。

昨日以上に近い！　甘い香りに理性が飛びそう!!

こ、ここはなんとか平静を保たなければ……。

「はい、ショウタさんはいつも同じ時間に来るって姉さんが言ってましたから、昨日と同じかと思いまして」

「そうなんだ。確かにいつ来るかは伝えてなかったね。待っていてくれて嬉しいよ」

「はい！　では早速会議室に行きましょう！　見せたいものがあるんです！」

そう言ってマキは、俺の手を掴んで引っ張っていく。

どうやら、こちらの緊張には気付いていないらしく、彼女は1秒でも早くその成果を見せたいらしい。楽しそうなオーラをまき散らす彼女は、いつにも増して早足だった。

彼女の普段とのギャップに、協会にいた誰もが呆気にとられた様子で、今日は野次も舌打ちも、それどころか嫉妬すら飛んでこなかった。会議室のあるフロアへと辿り着いた辺りで、背後から叫び声のようなものが聞こえたが、まあ気にしないで良いだろう。俺もそれどころじゃないし。

◇

いつもの会議室に足を運ぶと、そこには見た事のない武器や防具と共に、居るはずのない人物が待ち構えていた。

「やっほー。3日ぶりだね、ショウタ君」

「え、アキさん⁉　ここにいるってことは……サボりですか」

「ちょっと⁉　開口一番それってどういう意味よ。あたしだって仕事でいるんだからね！」

「じゃあ、第777支部の方は……」

「あっちは後輩に任せてきたわ。座ってぼーっとしてるだけでお給料入るって言ったら喜んで代わってくれたわよ。これも人望よねー」

いや、そんな仕事なら誰だって代わってくれると思いますけど……。

「だからこれからは、ちょくちょく顔を出すわ」

「ええー……？」

「そ、そんな嫌そうな顔しないでよ。傷つくじゃない。……あ、わかった。マキと2人っきりの時間が取れないから嫌なんでしょー？」

「ちょっと、姉さん……」

またいつものように揶揄われ始めてる。けど、マキの前でやられっぱなしじゃいられない。今日は反撃してやる。

「そうですけど」

「え」

「今日はマキがお弁当を作ってくれるってことで、楽しみにしてたんですよねー。あー、マキの手作り弁当楽しみだなー。それで、アキさんはいつ帰るんですか？」

そう言ってみると、アキさんはぽかーんとしていた。しばらくするとプルプルと震え、あろうことか両目いっぱいに涙を溜め始めた。

「……ふぐぅぅ」

「え」

「うえーん！　ショウタ君がイジメるー！」

そしてボロボロと涙を流し、大泣きし始めた。

「!?」

「はいはい、姉さんの好きなクッキーがありますからね」

「えうぅ～」

マキは慣れた様子でアキさんを宥めていたが、俺はショックを隠し切れなかった。

何だこの生き物は。アキさんの皮を被ったこの小動物は、一体何者なんだ。

「ショウタさん。姉さんはショウタさんと会えなくてとっても寂しかったんです。だから、優しくしてあげてほしいです」

……いやそもそも、寂しさを感じる器官が、この人にあったのか？

悪魔が人間のフリをしてるとばかり思ってたのに……。でもこんな大泣きしてるところは初めて見た。それにマキがそう言うのなら、きっとそうなんだろう。……けど、今まで見てきたアキさんとは違い過ぎて、まだ困惑が勝つ。

「うぅ……もぐもぐ」

アキさんは小動物のようにもそもそとクッキーを食べ始めた。うぅん、こう見ると、不覚にも可愛いと思ってしまうけど……。

とりあえず、アキさんの揶揄いには反撃しないほうが良い事が分かった。また泣かれてしまうと、こっちの精神が保たない。

クッキーを食べるたびに、段々アキさんは落ち着いて来たようだ。けど、まだ空気が落ち込んでいる気がする。泣かせたのは俺だし、何か話題を変えないと……。

そう思って部屋を見回していると、昨日までは無かったひび割れが天井近くの壁に出来ていた。なんだ？　爆発でもあったのか？

「マキ、あれは一体」

「……あ、それはあたしがやったの」

「アキさんが？」

暴れたんですか？　と口から出そうになったが、なんとか抑え込む。

「昨日マキから話を聞いてたのよ。お母さんが、部屋の会話をどこからか聞いてたって話。あの人ならやりかねないなーと思って探してみたら、案の定よ。しかもこの部屋にだけ。巧妙に隠してあったけど、壁ごとぶっ壊しておいたわ。ほんっと、心配性なんだから」

「お母さんが心配してくれるのは嬉しいんですけど、これはちょっとやり過ぎです。ショウタさんも気付いていらっしゃいましたよね」

「えーっと……？」

なんのことだろう。とりあえずマキが怒ってるのは解った。アキさんも、呆れてる感じがする。

もう一度、ひび割れた壁の中をよくみてみる。怪しく光りつつも、半壊した機械らしきものが見える。あの形状に、反射する光は……レンズ光か？　となると……。

「なるほど、カメラか。気付いていた訳じゃないけど、なんだか嫌な予感がしたんだよね」

「ま、そこはあたしが直接あの人に文句を言っておくわ。ふふ、それにしてもショウタ君ってさ、最近勘が鋭い事ってない？　例えば危険な雰囲気を感じるとか、変な感覚を受けるとか、細かい事まで目が向くようになったとか、この場所は危ないとか、さ」

「え、あー……そうですね。確かに多いと思います」

ダンジョンではその感覚に何度も救われた。ダンジョンの外だと、基本的にアキさんと支部長からしか感じてないけど。あと、この部屋もか。

って、この部屋も支部長絡みではあるか。

「協会本部の研究レポートに興味深いのがあってさ。いわく『『運』のステータスはなにも『運』が全てではない』ってものなんだけど」

「『運』が全てではない？」

哲学か何かか？

「そう。そのレポートではね、『運』を上げると『運』そのものの他に、通常6種のステータスでは対応していない、目に見えないものが上昇するんじゃないかって言われているの。例えば、ショウタ君が感じていた事をレポートの通りに言葉で表すとすると、『直感』だね。そして『周囲の機微』を正確に読み取り、『冷静に対処する力』なんかも強化されてるって言われてる」

「レポートの製作者曰く『運』は『第六感』や『感覚』にも影響を及ぼしている可能性があると示唆されていますね」

「まあ『運』を徹底的に上げている人なんてまずいないから、推測……どころか、与太話に思われてるみたいだけどー。ねえショウタ君、経験ない？　普通なら慌てる場面でも、冷静に見極められたとかさ」

「……」

確かに、言われてみれば思い当たる事がいくつかある。

まず昨日の『マーダーラビット』戦。死が間近に迫っていたにもかかわらず、常に冷静に行動できたと思う。死ぬような経験や大怪我をしたことが無いから、危機感を抱きづらかっただけかもしれないけど、それにしてもちょっと落ち着きすぎていた。

むしろ楽しんでいたか。

初日の『ホブゴブリン』戦もそうだ。いくら十分なスキルとステータスがあると確信していたとはいえ、当たったら骨が砕けるだけじゃ済まないレベルの攻撃を前に、距離を置くという選択肢が頭には無かった。

ただひたすらに近距離で回避をしつつ、攻撃を繰り出していた。

そして特に落ち着いて対応できていた点としては、やはりスライムの件だろう。最初の頃は、色違いのスライムが出るたびに慌てたり取り乱したりしていたのに、初見だった『虹色スライム』の時はひどく落ち着いていた。スライムの処理に慣れたとはいえ、あんな異常の塊相手に、あまりに冷静過ぎた。

「ま、『女性の機微』を読み取るのは、まだまだだけどね!!」

「もう、姉さん!」

「……」

やっぱり、この揶揄いは慣れないや。

「ショウタさん、姉さんの揶揄いはあまり気にしないでください。それもこれも全部寂しさの裏返しですから」

「ちょ、マキっ⁉」

「寂しくて構ってほしいだけなんです。そう思うと可愛く見えてきませんか？」

「あ、あうあう」

「……まぁ」

俺の知るアキさんのイメージ像とはだいぶかけ離れているから理解が追いつかなかったが、目の前で顔を赤らめて、しどろもどろになっている当人を見れば、納得出来る気がした。

確かに、なんだか無性に庇護欲をそそられる気になってきたというか、先ほどまでの揶揄いに対しても、今ならある程度受け流せる気がしてきた。俺が今までアキさんに感じていた偏見も、マキが一言言うだけであっさりとひっくり返るな……。

「あと、お姉さんぶってますけど、ショウタさんと同い年なんですよ」

「え⁉」

「あぁ……バラされた」

「姉さんは見ていてまだるっこしいんです。寂しいなら、ちゃんと言うべきですよ」

「マ、マキが一気に距離を詰め過ぎなのよー……」

「そんな事を言ってるから3年も経過してるんです」

「あぅ……」

アキさんは何か言うたびにマキに言い負かされている。これではどちらが姉なのやら。思えば、アキさんの事、俺何にも知らないんだよな。

「改めて説明をさせてください」

「あ、うん。よろしく」

なんだか色々な事が起きたけど、マキは何事も無かったかのように繰り出した。

強い。

「姉さんと2人で相談して、ショウタさんの強さに見合う装備品をご用意しました。まずはこの剣をご覧ください。ショウタさんは片手持ちのロングソードタイプを好んで使われていますので、こちらの装備を調達しました。『第六世代型・御霊三式』です。ダンジョン技術を用いて、あらゆる武具を開発している『匠第二武器工房』が作り上げた作品です。製造は2年前と、多少型は落ちますが、切れ味が鋭く真の武芸者ならば岩をも断てるという噂もあるハイグレードな一品です。攻撃力だけでなく耐久力も非常に優れており、折れない・曲がらない・傷つかないの三拍子揃っています」

「うわぁ……」

「本来は中堅以上の冒険者が扱うほどの製品だけど、今のショウタ君なら使いこなせるわ」

『匠第二武器工房』。武器の製造に関しては日本トップを誇る製造メーカーで、そのどれもが高品質かつ高性能と謳われていた。俺も男の子だから、そういった強い武器には憧れがあったけど、まさかこれを手にすることが出来るなんて……。

剣を実際に持って眺めていると、姉妹が微笑んで見ていた。姉の方はニマニマと言った方が正しいが。

「すごい嬉しいけど、高かったんじゃないの?」

「ご心配なく。まず先日提出していた『怪力』ですが、オークションの結果5800万で落札されました」

「えっ⁉　高くない？」

「そうでもないのよ。確かにスタート価格は3500万だったけど、この地域のオークションでは数ヶ月ぶりに持ち込まれた一品だったの。だから、ずっと狙ってた人達が何人もいたみたいで、盛り上がったらしいわ」

「ショウタさんからの許可は頂いてましたので、ショウタさんの取り分4640万を使わせて頂きました。その剣の値段は4000万だったので、丁度お手頃でした」

「そうなんだ……。もう住む世界の違う値段で、言葉もないよ。それに、よくそんな高額な武器をすぐに取り寄せられたね」

「昨日、相応しい装備を吟味し終えたら、即座に注文しておきました。ですので、この剣だけじゃなく他の装備も、今朝届いたばかりなんですよ」

きっと、2人で夜遅くまで議論を重ねてくれてたんだろう。

頭が上がらないな。それにこんな凄い武器だけじゃなく防具まで完璧にそろえてくれるなんて……。

ん？　でも、俺のお金って残り640万しかないよな？　銀行には多少生活用のお金は入れてるけど、協会側が勝手には使えないはずだし……。

だというのに、他の防具も市販品と言うには輝きと言うか、オーラが違う気がするんだけど……。

「なあ、そのほかの防具なんだけど、お金足りたの？」

「「……」」

2人は顔を見合わせた。

その反応、もしかして……。

「なあ、2人とも……」

「えっと、まずは防具の説明をさせてください。こちらは頭、胴、腕、脚部を守るためのセット装備で、製作所は『玄人第三防具工房』になります。ダンジョン技術で製法された超合金をふんだんに使用していて、防具の名称は『第四世代型・軽量ハイブリッドアーマーMK.2』です。値段は、その……。1200万です」

「……」

「これより下で、ショウタ君に嚙み合いそうな防具はかなり、世代も防御性能も落ちちゃってさ。都合が良いのはコレしかなかったのよね」

「そのお金は、どこから?」

「今回、『怪力』で入ってきた私と姉さんの取り分と、貯金から……」

「……って、2人が出してくれたの⁉」

専属って、ここまでしてくれるもんなのか？

いや、そんな訳ないよな。この2人だから、ここまで尽くしてくれてるんだろう。

アキさんは世話好きなところがあるし、マキもこの数日を見る限りかなり献身的だ。彼女達ならやりかねない。

それにしても、自分達の貯金を使ってまで……。

「色々言いたいことはあるけど、ありがとう。支払ってくれたお金は、2人が俺の安全の為を思って使ってくれたって事なんだよね。それを思うと素直に嬉しい」

「ショウタさん……」

「ショウタ君……」

「でも、これからは事前に相談してほしい。装備の相談をしたのは俺だし、オークションで得たお金を資金として使ってもいいとは言ったけど、足りなくなったからって2人に支払わせるのはちょっと……。男として情けないというか」

「はい、ごめんなさい……」

「次からは、ちゃんと相談します……」

わかってくれたみたいで何よりだけど、アキさんが大人しいのがやっぱり違和感がすごい。いや、もういいか。彼女も専属の仕事を全うしようとしてくれただけだし。

2人が自腹を切ってまで強い防具を用意したという事は、それだけ俺が危険を冒していたという事なんだろう。生きて帰る。それを常に念頭に置きつつ、もっと強くなって安心させてあげなきゃ。

「あの、ショウタさん。ここで着替えて貰って良いですか？」

「あ、うん。わかった」

元々装着していた鉄の装備一式は下取りしてもらい、新しい防具に袖を通した。

スライム狩りをしていたころは、鉄の装備でさえ重みを感じて、最初の頃は満足に動く事すら叶

わなかったけど……。この新しい防具、凄く軽いな。今まで身に着けていた鉄装備か、それ以下かもしれない。

これなら、『マーダーラビット』の攻撃も、へっちゃらかもしれないな。

「素敵です！」

「似合ってるー！」

「ありがとう2人とも」

さて、恩返しのつもりで売ったアイテムで、逆に返されちゃったわけだ。なら俺は、もっとお返ししなきゃな！

心機一転、まずはご挨拶

新装備は本当に名前の通りのようで、羽のように軽かった。鎧ということもあり、本来なら多少なりとも重みを感じてしまうのだろうが、このステータスになって以降、たとえリュックに『鉄のナイフ』を詰め込んだとしてもなんの苦も感じていなかった。

いや、それは言い過ぎかな？

そういえば、リュックの件で2人から言及があった。リュックの積載量に関しては対応策があるにはあるが、やはりこちらもお金がかかるらしい。優先順位は下だったため、今回は後回しになったみたいだった。

現在の装備は、これだ。


『武器・鉄の長剣』5万円 ⇓ 『武器・第六世代型・御霊三式』4000万円。

『防具・鉄の防具一式』10万円 ⇓ 『防具・第四世代型・軽量ハイブリッドアーマーMK.2』1200万円。


「はは、一気にグレードアップしすぎだろ」

「ショウタさん、今日は約束通りお弁当を作って来たんですけど……どうされますか?」

これは、ダンジョンで食べるか、戻ってきて一緒に食べるか、というお誘いだろう。

アキさんがちょっと不安げな顔をしているのがいじらしい。

「勿論、戻ってきて食べるよ。アキさんも一緒で良いんだよね?」

「!! うん、一緒が良い!」

「ふふ、ではお待ちしています。12時半頃を目途にお願いしますね」

「わかった」

「それじゃ、マキと一緒に見送りをするわ。今はあたしだけが専属だけど、代理人が一緒についてきてはダメなんてルールはないもの」

「頑張ってください、ショウタさん。決して無理はしないで下さいね。……ご無事で」

安心させるためにマキの頭を撫でる。アキさんもついでに撫でておく。

マキは驚いた様子だったが、すぐに受け入れてくれた。アキさんは言うまでもない。

◇

宣言通り美人姉妹2人に見送られダンジョン入りを果たす。

この装備は傍から見ても輝いて見えるから、装備だけ見ればこのダンジョンの下階層で活躍していてもおかしくないレベルだった。けど俺の主戦場はここ、第二層だ。

午前中の目的は、『自動マッピング』の四隅埋め。そして、新装備でどれだけ変化があったか、奴に再挑戦して確認してみることだ。

ここ第二層は本当に広く、マップの四隅を歩いて回るだけでもかなりの距離がある。その為、普通にやっていては半日程度じゃ済まないのだが、俺には『迅速』のスキルがある。

このスキルを使い、疲労がたまらない程度に加速を維持することで、高速で動く事に慣れておきたい。まずは時速30㎞ほど。続けて40、50と増やしていき、慣れてきたら今度は別の工程を織り交ぜる。

それは、キラーラビットとの接触は避け、ゴブリンを見かけたら通り抜けざまに首を落とすというものだ。その行為は正に辻斬り。当然、途中で止まったりはしないので、ドロップは無視して走り抜けた。

今行っている作業には、3つの意味がある。1つ目は、加速状態においてもまともに武器を振るえるようにするための練習。2つ目はマップ埋め。3つ目はゴブリン100匹連続討伐をついでに目指せる。

という、一石三鳥の作戦だった。

デメリットがあるとすれば非常に疲れる事と、何のドロップも得られないという事か。そうして第二層の3つ目の角がマップに書き込まれた時、それは起きた。そう、レアモンスター出現の予兆だ。

「レアモンスター出現は、やっぱり連続100匹討伐だけが条件みたいだな。ドロップアイテムの取得とか供養だとか、そういう面倒な行動は全て無関係、と」

煙はモクモクと膨れ上がり、その場で膨張した。

「!? ここで湧くのか!」

今までとは違う現象に驚くが、考えられる事は2つ。第二層では『ホブゴブリン』はどこでだろうと湧くというもの。もう1つは、この角が出現ポイントである可能性。

「後者の方であってほしいけどね」

そうでもなきゃ、理不尽にもたまたま上手くいってしまった不運な冒険者が絡まれることになる。でもそれなら、発見報告が増えてもおかしくはない。だからやっぱり、後者かな？

まあ今はどちらでもいいか。

「よぉ、二日ぶりだな。会いたかったぞ、元気にしてたか？」

『グオオオ!!』

煙の中から姿を現したのは、一昨日見たのと同じ『ホブゴブリン』。

第一層と第二層で違いはない、という事か？

「鑑定」

＊＊＊＊
名前：ホブゴブリン
レベル：15

装備：鋼鉄の大剣
スキル：怪力
＊＊＊＊

「レベルが高い!?」

『グオオッ！』

「……あれっ」

あの時より強いと思って身構えたが、その攻撃はなんら脅威を感じる事無く簡単に避ける事が出来た。確かにあの時対峙した『ホブゴブリン』より強いのだろう。攻撃力も上がっているし、大剣の振りも速い。

けど、それだけだ。もうソレは、脅威ではない。

『グオッ！　グオッ！　グオオッ!!』

念のため、『ホブゴブリン』の攻撃を何度も観察し、避けてみるが、やっぱりあの時と比べるまでもなく弱く感じる。恐らく高まった『運』による『直感』と、『予知』スキルの合わせ技で、何処に攻撃が来るのかハッキリと分かるのだ。

「レベルが上がったとしても、２度目以降となるとこうも弱いのか」

『グオオオ!!』

「いい加減煩いっての！」


『ズバッ！』

その剣の軌跡は、見事に『ホブゴブリン』の首元をなぞった。奴は大量の血を流し、倒れ伏した。


【レベルアップ】

【レベルが6から18に上昇しました】


「うわ……この剣、すっげー切れ味だな。ゴブリン相手だと実感できなかったけど、あんなに頑丈だった『ホブゴブリン』の筋肉をいともあっさり……。それに相手のレベルが高い分、経験値も多いみたいだな。おっと、そうだった」

煙を放ち始めた『ホブゴブリン』を見て、懐から携帯を取り出しタイマーを起動する。

レアモンスターが消える時間に個体差があると思って、準備していたのだ。

念のため、新手が出ても良いように十分距離を保って、成り行きを見守る。

すると煙は、膨れ上がることなく、いつものようにゆっくりと霧散していった。

「……消えた、か。時間は、恐らく5分だな。体感、第一層の時より長く感じたな。体格というより、レベルによって差が出てるのかも。これも要検証だな。ただ、第一層で湧かせると、他の冒険者達に迷惑かかるんだよなぁ……。湧いた瞬間にぶった斬る、とか？　でもあいつ、初っ端に絶対叫ぶんだよな。今までの傾向からして」

色々と試してみたいことが多すぎる。本当にこのダンジョンは楽しい。

そうして、新しいオモチャであるドロップアイテムを見下ろした。

「よお、お前も二日ぶりだな」

俺は手に入れ損ねたアイテムを掴み取る。

「『怪力』。当然、使用する！」

スキルオーブが輝き、俺の身体に吸い込まれていった。

「よし。『怪力』ゲット！　おっと、使う前にアプリで詳細から見ていくか。『怪力』『怪力』……あった」

『スキルを使用すると、未使用時と比べ2倍の力を出せるようになる。ただし効果時間は短く1分で効果が切れ、再び使用するには10分待つ必要がある。末端価格、3000万～』

うん、もうこの値段を見ても驚かなくなったぞ。成長したな、俺。

それに、あんな値段で売れたのも本当に出品が久々だったからなんだろう。次からは、この末端価格を参考にした方が良さそうだな。

＊＊＊＊
名前：天地　翔太
年齢：21
レベル：18
腕力：109（＋88）
器用：94（＋73）
頑丈：85（＋64）
俊敏：123（＋102）
魔力：90（＋69）
知力：90（＋69）
運：234
スキル：レベルガチャ、鑑定Lv2、鑑定妨害Lv4、自動マッピング、身体強化Lv3、怪力、

迅速、予知、投擲Lv1、炎魔法Lv1、水魔法Lv1

＊＊＊＊＊

「なるほどね、常時使えるものじゃなくて限定的なものだったのか。それでも1分間強くなれるのなら、ピンチを逆転する事も可能だし便利なスキルであることに変わりはないいな」

それにしても、18か……。よし、時間もまだまだ残ってるし、もう半周しつつゴブリンを狩る事にしよう。今度の100匹目は、角から少し距離を置いてみるかな。

そうして『迅速』を駆使し、マップ埋めの工程として、昨日ストーカー連中に声を掛けられた角をゴールと定めて走り出した。

◇

「おりゃっ」

100匹目のゴブリンの首を落とし様子を見る。しばらく眺めていれば、しっかりと煙が発生したのを確認した。そして、マップの角へと移動していく姿も。やはり、俺の考察は後者で間違いなかったようだな。

マップの角は一応、視界に入る位置に留めておいたので、追いかけるのに慌てる必要も無かった。

「それにしても毎回出てくれるよな、このレアモンスターの煙。『運』が200を超えてたら、もう確定で発生するのかもしれないなー」

そんな事を考えつつ、『ホブゴブリン』が出現するのを見守った。

『グオオオッ!!』

「よし、『怪力』使用。……うおりゃっ!!」

『ホブゴブリン』の頭部が切断され、胴体と2つに分かたれた。これが2倍か。まさか分断する威力になるとは……。

出現と同時に倒されたためか、出オチのようで少し哀れに思えた。

【レベルアップ】
【レベルが18から22に上昇しました】

「『怪力』の力は凄いな。とんでもない威力だ。これは、未使用のまま戦った時との違いがハッキリとわかるし、強敵との戦いできっと役に立てる。もしこれが、『マーダーラビット』の時にあったら……」

そう考え、思いをはせたが首を振る。

「いや、あったとしてもまず『鉄の剣』の方がもたなかっただろ。それに、あれは3年間お世話になったアキさんと、丁寧に対応してくれたマキへのお礼でもあったんだし。そのおかげで今、巡り巡って俺の手には『御霊』があるんだからな。……まあ、そのせいで彼女達に負担をかけさせちゃったけど」

もしもを考えるが、今は自分の行く道を信じるしかない。それに、マキと仲良くなれたのも、一応は『マーダーラビット』に苦戦したおかげでもある訳だし。そう考えている内に煙は晴れ、中から2本目の『鋼鉄の大剣』。そして『中魔石』と『スキル：怪力』がドロップした。けど俺には、それよりも優先する事があった。

そう、ガチャだ。

「早速新しくなったガチャを回すか！」

俺はガチャを起動し、1つになってしまったボタン「10回ガチャ」を押し込む。

『ジャララ、ジャラララ！』

ん？　なんだか効果音が変わったような……。

そう思っていると、青5、赤4、紫1のカプセルが出てきた。

『R　腕力上昇＋7』
『R　器用上昇＋6』
『R　頑丈上昇＋6』
『R　魔力上昇＋6』
『R　知力上昇＋8』

『ＳＲ　腕力上昇＋20』
『ＳＲ　俊敏上昇＋18』
『ＳＲ　知力上昇＋18』
『ＳＲ　スキル：身体強化Ｌｖ１』
『ＳＳＲ　頑丈上昇＋40』

＊＊＊＊

名前：天地　翔太
年齢：21
レベル：２
腕力：１２１（＋１１５）
器用：85（＋79）
頑丈：１１６（＋１１０）
俊敏：１２６（＋１２０）
魔力：79（＋75）
知力：99（＋95）
運：２４２

スキル：レベルガチャ、鑑定Ｌｖ２、鑑定妨害Ｌｖ４、自動マッピング、身体強化Ｌｖ４、怪力、迅速、予知、投擲Ｌｖ１、炎魔法Ｌｖ１、水魔法Ｌｖ１

＊＊＊＊＊

「いや、上昇量エグすぎだろ。しかも、ＳＳＲで40って。正直、ここまでスキルが強くなると、ステータスの方が嬉しいかもしれないな。スキルを使いこなせるほどの基礎が無ければ、スキルで効果が倍増したところでたかが知れてるからな」

強くなったことを実感し、改めてドロップアイテムを見る。そう言えば、気になってたことがあるんだよな。

「レベルのあるスキルと、そうでないスキルって、何の違いがあるんだろう」

レベルの方はまだ分かる。重ねれば重ねるほど強くなって、効果も増していくんだと。けど、レベルのないスキルは成長しない、完成されたスキル。

……本当に？

誰もが無駄だし勿体ないと思うから試していないだけで、実は成長するんじゃないのか⁇

そんな悪魔のささやきが、俺を惑わした。

「もしくは、もう所持していたら使えないとか？　ありえるな……。でも使って変化が無ければ、数千万を無駄にすることに……」

そこまで考え、苦悩するが、これまた30秒とかからず即決した。

「上がらなきゃもう1回倒せばいいだけだし、使うか！　『怪力』を使用する‼」

スキルオーブが消え、効果が発揮されたのを確認した俺は、ステータスを急ぎ確認した。

＊＊＊＊

名前：天地　翔太
年齢：21
レベル：２
腕力：１２１（＋１１５）
器用：85（＋79）
頑丈：１１６（＋１１０）
俊敏：１２６（＋１２０）
魔力：79（＋75）
知力：99（＋95）
運：２４２
スキル：レベルガチャ、鑑定Ｌｖ２、鑑定妨害Ｌｖ４、自動マッピング、身体強化Ｌｖ４、怪力、

迅速、予知、投擲Ｌｖ１、炎魔法Ｌｖ１、水魔法Ｌｖ１

＊＊＊＊＊

なにひとつ、変わっていなかった。


「ちくしょー!!」

『怪力』スキルの二重使用をしても何の効果も得られなかった俺は、しばらく落ち込んだ。

「くそ、勿体ない事を！　でも、もう取得してるにもかかわらず、スキルオーブを使用できるってのは変だよな。これは、他のレベル制のスキルが存在してる弊害か？　それとも……」

俺の中に、またしても危険な考えが渦巻いた。

「……とりあえず、もう１００匹追加で狩るか」

◇

【レベルアップ】

【レベルが6から18に上昇しました】

【レベルアップ】

【レベルが18から22に上昇しました】

「よし、『怪力』ドロップ！」

本日4回目の『ホブゴブリン』を、また出オチさせた俺はソレを拾い上げる。

「もしかしたら、2回の重ね掛けでダメでも、3回重ねる事で効果を発揮する可能性が……。いやしかし……」

スキルオーブを握りしめ、本日3度目の苦悩をする。そう、3体目の『ホブゴブリン』のドロップで、2個目のスキルオーブまでも無駄にした俺は、新たにもう1匹追加で倒したのだ。

レベル上げのついでに取れるからと判断しての事だった。

「これも無駄にしたら、9000万もの大金を無駄に……。いや、この数時間何もドロップしなかっただけと考えればまだダメージは少ない」

まあ、雑魚のドロップを全スルーしてる以上、大剣と『中魔石』以外、手元には何も残らないんだが。

色々と言い訳を考えつつ、結局使う事にした。

「『怪力』を……使用する!!」

スキルオーブが消え、効果が発揮されたのを確認した俺は、若干諦めつつもステータスを確認した。

＊＊＊＊

名前：天地　翔太

年齢：21
レベル：22
腕力：１４０（＋１１５）
器用：１０４（＋79）
頑丈：１３５（＋１１０）
俊敏：１４５（＋１２０）
魔力：98（＋75）
知力：１１８（＋95）
運：２８２

スキル：レベルガチャ、鑑定Ｌｖ２、鑑定妨害Ｌｖ４、自動マッピング、身体強化Ｌｖ４、怪力Ⅱ、迅速、予知、投擲Ｌｖ１、炎魔法Ｌｖ１、水魔法Ｌｖ１

＊＊＊＊

「……よっしゃ!! ここまでの努力は無駄じゃなかったんだ。重ね掛けには、意味がある！」

Ⅱになったってことは、重ね掛け次第でⅢになることも……。

あれ、てことは、レベルガチャも……？

いや、しかしそれは危険だ。またあの地獄をやり直すだけだ。しかも1回じゃない。最低でも3

回は必要になるんだ。

今の『運』はあの時の4倍以上だ。けど、この程度ではまだまだ途方もない時間がかかるだろう。せめて……そうだな。『運』が4桁は欲しい。いつになるかは分からないけど、それくらいないと再戦は厳しいだろう。

なぜなら、スライムのレアモンスター枠は確認できただけでも7段階はあるんだ。1000もあれば、今までの傾向からしてレア枠4体目の『紫』までは確定で出るはず。そこからなら……うん、現実的に『虹』を出せそうだ。

「あ、やば。約束の時間までもうあまりないな。ガチャは後回しにして、戻りながら『怪力Ⅱ』の検証をしよう」

◇

協会へと戻ると、2人ともエントランスで待ってくれていた。

「おかえりなさい、ショウタさん！」

「ただいま、マキ。アキさんも」

「あたしはついでかー！　でもやっぱり、あたしの言った通りだったでしょ」

「そうね、本当に5分前に戻って来るなんて……」

「あはは、流石アキさん……」

俺の行動を完全に把握されてるな。

「それにしてもショウタ君、嬉しそうな顔してるわね。そんなにマキの手作り弁当を楽しみにしてたの？」

アキさんの発言に周囲が騒めいた。相変わらずこの人は爆弾を投下するなぁ。ここに居続けてはアキさんが何を言い出すか分からないし、さっさと離れよう。

「まあそれもありますけど、とりあえず奥行きません？」

「そうですね、行きましょうショウタさん」

「もー、2人とも待ってよー」

◇

『ガチャンッ！』

いくら『腕力』と『頑丈』が高くなったとは言え、この荷物はちょっと嵩張るし、密度もある分、重すぎたな。

刀身部分は防刃対策が施されたリュックの中だが、長すぎて柄が飛び出てしまっている。バラけないよう柄は縛ってるから、見方によっては1本に見えるかもしれないが、しっかりと見れば4本あることが分かるだろう。

「ショウタ君、それってやっぱり……」

「あー、精算を先に済ませたほうが良いかな？」

「気になるからお願い〜」

「私も、ちょっと信じられないので……」

「あはは、ならしょうがないか」

　俺としてはあの並べられたお弁当が気になるんだけど……。多数決で負けてる以上は俺が折れるしかないか。端に除《よ》けられていくお弁当を眺めていると、マキが申し訳なさそうにした。

「ごめんなさいショウタさん、今日はいっぱい作ってきましたから、あとでゆっくり食べましょう?」

「……わかった」

「よしよし、食いしん坊な子ねー」

「ふふ」

朝の仕返しか? アキさんが頭を撫でてきた。それにマキも。

「……戦利品、置きますね」

「照れてるー?」

「もう撫でてあげませんよ」

「じょ、冗談だからっ」

「……はぁ、わかりましたよ。はい、今朝の戦利品の『鋼鉄の大剣』4本と、『中魔石』4個です」

アキさんとマキはごくりと喉を鳴らして4組のソレを見る。そして続きを促すようにリュックを見たが、今日の戦利品はそれだけだ。もう終わりだよとジェスチャーをするが、彼女達は信じられなかったのかリュックの中を直接確認しだした。

いやだから、何も入ってないってば。

「え、これだけ⁉」

「ショウタさん。『極小魔石』は、どこに……？」

「あ、面倒だったので拾ってないよ」

「捨てたの⁉」

「いや、倒してすぐ次へ向かったから。そもそも拾ってない」

「「ええ……」」

2人が信じられないものを見るかのような目で見てくる。そんなに……？

「大量の魔石を持ってこないなんて、ショウタ君のアイデンティティが……」

「ちょっと、俺の存在意義ソレ⁉」

「ふふ、冗談ですよショウタさん」

「なんだ冗談か……」

「大物を倒すのに忙しかったんですよね。ただ、それ以外何もないっていうのは衝撃的でしたけど……」

「……」

「あはは、ごめんショウタ君。ちょっとあたし達、これが4つも並んでいる現実を直視できなくて……。でも魔石がないなんて」

「……いいんです。俺なんて大量に魔石を取るくらいしか能がありませんから。報告終わったんで食べて良いですか」

まさかここまで魔石がない事をいじられるとは。

俺はもう投げやり気味に弁当へと視線を動かした。食べるまで視線は弁当から離さないからな！

「ご、ごめんなさいショウタさんっ」

「じょ、冗談だってば。もー、機嫌直してよ～！」

姉妹の説得を無視し続けた結果、お弁当を食べながら報告をする形で取引が成立した。マキが持って来てくれたお弁当の中身は、昨日俺が伝えた好物などが中心に取り揃えられていて、1日で用意してくれた事と、彼女の料理技術の高さに感動した。なので俺は、報告よりも食べる事に夢中になってしまい、彼女達の質問に相槌を打つくらいが限界だった。

あまりに俺がお弁当に夢中になっているものだから、結局2人も食事を優先することにしたようだった。

「それ、あたしが作ったんだよー」

アキさんが、俺が箸で掴んでいるおかずを指さして言う。

「え、これをですか⁉」

「袋から出してレンジでチン。簡単でしょー」

「……感動して損しました」

「でも、ほとんどマキの手作りだから、味わって食べなさいよねー」

「言われるまでもありませんね」

用意された弁当箱の中身を平らげつつ、たまに両隣からおかずがやってくる。

ここは天国か。

「ふふ、いっぱい食べてくださいね」

「両手に華ね、この幸せ者ー」

これは俺もそう思うし、何も反論はしないことにする。

これも、『運』の力か。それとも『運』はきっかけに過ぎず、今のコレは彼女達の献身っぷりが発揮されているだけなのか。

◇

食事を終え、ご馳走様をしたところで、振り出しに戻る。

どうやら2人の間では、俺の異名は『魔石ハンター』で通っていたようで、『魔石』を確保しない俺に衝撃を受けてしまったらしい。別に俺は、稼ぐ手段が魔石しかなかったから拾ってただけで、好き好んでやってたわけではないのだが。

「それで、結局ショウタ君は、4体の『ホブゴブリン』を倒したのね」

「そうですね」

「ショウタさん、『怪力』スキルがこの場に無いというのは、ドロップしなかったんですか？　それとも……」

「安心して。ちゃんと出たし、しっかり俺自身の為に使ったから」

「良かったです！」

マキは俺が強くなることを望んでいる。

強いスキルを手に入れて、俺の力が上がったのが何よりも嬉しそうだ。

「いやぁ、ショウタ君の『運』を以てしても、黒星がついちゃったかー。まあスキルが1個だけだったのは残念だけど、これだけ出現させて、しかも全部倒しちゃうのはすごいことだよ」

「わ、私はアイテムよりも、無事に帰ってきてくれた方が嬉しいかな」

「ちょ、ちょっとー！　そこでそれはズルイわよ！　あたしだってそうなんだからっ！」

姉妹のやり取りに顔が綻ぶが、ちゃんと訂正しておかないと。

「アキさん、それにマキも。俺の『運』を舐めないでほしいね」

「え？　でも……」

「ま、まさかあんた」

「ちゃんと他でも全てドロップしたから」

「えっ⁉　でも、残りの3つはどこにも……」

「マキ、あたし達はこいつの非常識さを忘れていたわ。冒険者が一番やってはいけない禁忌の方法を取ったのよ！」

「ま、まさか重ね掛けを……」

「しました。全部」

「「ああ～……」」

2人がガックリと、脱力したかのように肩を落とした。

やっぱり、誰かが過去に試したんだろう。そして何も変わらなかったことに絶望し、以後、禁忌だとして誰も試さなくなった。

「しかも、1つどころか3つも……!? ホントにもう、ショウタ君のバカっ」

「で、でもショウタさんならまた取れますからっ」

「それはそうだけどさー」

やはり、諦めきれずに3つも重ねた人は流石にいなかったみたいだ。

「フフフ」

「ショウタさん?」

「え、なに? やりすぎて頭おかしくなった?」

「2人とも何を心配してるんですか。もし本当に無駄にしたとしたら、笑顔で戻ってくるわけないでしょうに」

「た、確かにそうですね!」

「いや、いつも笑って戻ってくるあんたの場合、それは信用ならないっていうか……」

アキさんが何か言ってるけど無視する。

「『怪力』は更に3つ重ねた結果、『怪力Ⅱ』になりました!」

「わわ、凄いです!」

マキは拍手してくれるが、アキさんは呆れ顔だった。

「あれ、アキさん？」

「冗談を言っているようには見えないけど、そんなおかしな情報、簡単に信じられる訳がないじゃない。マキはショウタ君に妄信的だけど、あたしは冷静だからね」

「でも実際に」

「それ、どうやって証明する訳？」

「……あ」

「『鑑定妨害Lv4』があるんでしょ？　誰が確認できるってのよ」

そうだ、この情報を認めてもらうには、しっかり誰かにスキルの有無を認識してもらう必要があるんだった。

でも、それをするには『鑑定妨害』が邪魔をする。くそ、考えが甘かった……！

「ショウタ君って、いつもどこか脇が甘いのよねー」

「うぐ……。あ、じゃあアキさんに『怪力』を4つ使ってもらうっていうのは」

「どえっ!?　な、なんでそうなるのよ！」

「アキさん仮にも支部長でしょ。ならそれなりに発言権はある訳で、それが手っ取り早いかなと」

「だからって、受付嬢が戦闘スキルを4つも使うなんて勿体なさすぎるでしょ。値段分かってる？

相場通りなら1億2000万よ!?」

「でも俺なら半日あれば～」

「それもそうだけど……！」

「それに、アキさん以外の発言力がある人に使ってもらうとなると、俺の秘密が～」

「うぅ～～～!!」

俺とアキさんでやり取りをしていると、今まで何か考えていたマキが手を挙げた。

「2人とも、待ってください。その問題、どうにかなるかもしれません！」

「「えっ？」」

「今日、ショウタさんがダンジョンに行っている間に、調べ物をしていたんです。ショウタさんが所持しているスキルに関する、実験レポートを全て。まだ途中ではあったのですが、その中で気になるレポートがあったのを思い出しました」

マキは端末を操作して、何かを確認し始めた。

いや今、さらっと『全て』って言ったよな？　マキは、たった半日で、一体どれだけのレポートをチェックしたんだ？

「ありました、これです。『鑑定妨害』の実験レポートです。姉さんはご存じですよね、スキルの『鑑定妨害』と、アイテムとしての『鑑定妨害』の違いを」

アイテム？

「ええ。ショウタ君に説明すると、ダンジョンの宝箱に、たまに『鑑定妨害』スキルが入ったアクセサリーがあるのよ。それを身に着けると、そのアクセサリー内のスキルレベルに応じた『鑑定妨害』機能が働くわ。当然装着型だから、アクセサリーを外せば妨害は機能しないの」

「ふむふむ」

宝箱か。

『アンラッキーホール』はそもそも宝箱が存在しないダンジョンだったから忘れていたけど、ここのダンジョンにはあるのかな？

「けどスキルとしての『鑑定妨害』は一度身に付けると永続で発動。スキルを忘れる事は出来ないから、レベルが上がれば上がるほど、その人はステータスを覗かれることは無くなるわ。あと、『鑑定妨害』は非常にレアなスキルなの。値段、知ってる？」

「いえ、知らないです」

「1億よ」

「……ち、ちなみに魔法は？」

「ショウタ君は炎と水だっけ？　たしか3000と1500だったかな？　これらは宝箱からの発見報告がほとんどなんだけど、便利だし珍しいから、冒険者は皆見つけ次第取得しちゃうのよね。それでちょっと高騰しちゃってるけど、割と見つかりやすいものなのよ」

「そうなんですね……」

どうやら俺は、ガチャのランクを鵜呑みにしていたらしい。

SRだから安い、SSRだから高いは、俺の勘違いだったようだ。

「話が逸れたわね。つまりスキルの『鑑定妨害』は本当に厄介なのよ。着脱不可の呪いのアイテムみたいなものね。秘密を抱えたい人には不可欠ではあるわ。まあショウタ君みたいに、何のスキルを持っているか誰も信じてくれないというのは欠点ね」

「それなんですけど、このレポートによればスキルの方の『鑑定妨害』は、妨害する対象を選べるそうなんです」

「そうなの⁉」

「はい、レポートの発案者曰く、スキルを持っている人がそもそも秘密主義の人が多くて、なかなか協力してくれる人が見つからなかったそうです」

「それは納得」

スキルの研究をするところも、協力者を見つけるのは苦労していそうだな。

「マキ、それはどうすればいいんだ？」

「はい、まずご自身のステータスボードを開いてください。その中で、公開しても構わないスキルを強く念じてみてください」

マキに言われるまま、開示したいスキルを念じた。

とりあえず、『鑑定Lｖ2』『鑑定妨害Lｖ4』『怪力Ⅱ』『迅速』の4つを選出してみる。

特に何も変化を感じなかったけど、これでいいんだろうか⁇

「終わったようですね。では姉さん、お願い出来ますか？」

「おっけー。……おおっ⁉　見えてる！　『鑑定Lｖ2』『鑑定妨害Lｖ4』『怪力Ⅱ』『迅速』だっ。紙で見るのと実際に見るのとでは、やっぱり衝撃が違うわー」

「成功のようですね。この開示機能は、もう一度見えないように念じれば、見れなくなるはずです」

「やってみる……。アキさん」

「あいよ。うわっ、完全に弾かれたっ！」

アキさんはわざとらしく、大きくのけ反って見せた。

「それと『鑑定妨害』と『鑑定』に差があったときのレポートもあります。まず同一の場合と、『鑑定妨害』が高い場合は何も見られません。逆に『鑑定』が高い場合は、差が広がるほど見れる情報が増えますが、『鑑定妨害』が1でもある限り何らかの情報がマスクされ、すべては見えないようです。その優先度は不明ですが、傾向的にレア度の高いスキルほど隠されやすいようです」

つまり、俺の『鑑定妨害』より高い『鑑定』持ちが現れたとしても、一番秘密にしたい情報は守られる可能性が高いってわけか。それを思えば、支部長から嫌な感じがしたあの時。『鑑定』を使われていたのかもしれない。

アキさんが『鑑定』の高いレベルを持っている以上、支部長も同じである可能性が高い。それで、俺のスキルやステータスを覗き見て、期待出来ると判断したのかも。まあ、仮説だけど。

あの時には既に『鑑定妨害』があったのは助かった。

「マキのおかげで『怪力Ⅱ』の存在を確認出来たわ。この情報を本部に伝えるけど、信じてもらえるか怪しい所なのよね……」

「アキさん、もしも俺の力が必要だったら言ってほしい。言い出しっぺは俺だし、アキさんを嘘つき扱いにはしたくない」

「ショウタ君……。ありがと、やれるだけやってみるわね。あと、実際に使ってみた？　違いがあったら教えてほしいんだけど」

「当然調べました。効果もそうですけど、デメリットだった部分が緩和されてたんですよ」

元のスキルの効果としては『2倍の力を出せる』『効果時間1分』『再使用に10分』だ。

そしてⅡになった効果は『2倍くらいの力を出せる』『効果時間1分30秒』『再使用に9分』だった。

「ちょ、それ……とんでもないことよ⁉　力は明確には増えていなかったのね？」

「体感上は、ですけど。もしかしたらⅢに上がるときに、わかりやすいくらいの変化が現れるのかもしれませんね」

「そっか。今のショウタ君の『直感』がそう言うのなら、信じられるわね」

「さっきは信じてくれなかったのに」

「そ、それとこれとは話が違うでしょ」

……さて、腹ごしらえも済んだし、気力も貰った。

後半戦、行ってみるか！

リベンジ2回目

第二層に降り立ち、改めてあの林をマップで見る。すると、昨日と変わらずその場所はモンスターの反応が無かった。朝見たときも無かったから、あの場所はレアモンスター専用の湧きポイントなのかもしれない。

けど、その代わりに人の反応が複数ある。……なんだろう？

とりあえず近付かないでおくか。俺の勘がそう警鐘を鳴らしている。

「それじゃ、まずは人気のないポイントを探しますかね」

必要レベルは溜まっているんだ。早めに回しきってしまいたい。

◇

「やっぱり他にもあったか、『マーダーラビット』の湧きポイント」

マップの四隅埋めの最中、いくつかそれらしき林を見つけてあったのだが、直接確認して確信した。最初の2つは、ゴブリンとキラーラビットが混合して生息している面倒そうな場所だったが、3つ目の林は何のモンスターもいない平和な場所だった。

『迅速』を切って内部を駆け回り、林の全景をマップに収めると、やはり中央には全く同じ広場まであった。ここなら、誰も来ないだろう。

ガチャを起動し、「10回ガチャ」を押す。

『ジャララ、ジャラララ！』

出てきたのは青5、赤4、紫1。前回と同じラインナップだった。

やはり、300近い『運』になったことで、紫も1個は確定ラインになったのかもしれないな。

『R　腕力上昇＋6』
『R　腕力上昇＋8』
『R　器用上昇＋7』
『R　頑丈上昇＋8』
『R　知力上昇＋6』
『SR　器用上昇＋18』
『SR　器用上昇＋20』
『SR　魔力上昇＋18』
『SR　知力上昇＋20』
『SSR　スキル：剣術Lv1』

＊＊＊＊

名前：天地　翔太
年齢：21
レベル：2
腕力：135（＋129）
器用：130（＋124）

頑丈：１２４（＋１１８）
俊敏：１２６（＋１２０）
魔力：97（＋93）
知力：１２５（＋１２１）
運：２８２

スキル：レベルガチャ、鑑定Ｌｖ２、鑑定妨害Ｌｖ４、自動マッピング、身体強化Ｌｖ４、怪力Ⅱ、迅速、予知、剣術Ｌｖ１、投擲Ｌｖ１、炎魔法Ｌｖ１、水魔法Ｌｖ１

＊＊＊＊＊

「『剣術』⁉　何それ絶対強いじゃん。アプリアプリっと」

『スキル保持者は、レベルに応じて剣に対する理解度を深める。剣と名の付く武器にはほとんど対応していると思われる。末端価格、不明』

「ふんわりとしたことしか書いてないな。でも値段が分からないってことは出回っていないのか、保持者が少なすぎて検証できていないって事か」

俺もこういう未知な物には実験と検証を繰り返したいタイプだから、こんな風にレポートを作ってくれてる人達の苦悩が分かるなぁ。

とりあえずおもむろに剣を振ってみる。

「おっ……」

どう変化したか、言葉にするには確かに難しい気がする。『感覚』が広がった、とするのが一番しっくりくるかもしれない。

次に、今まで戦ってきたモンスターの姿と動きを頭の中で思い描き、それに合わせて剣を振るってみる。すると、どう動けば良いのか、勝手に身体がシミュレートしてくれるような感覚を受けた。

スライム、ゴブリン、キラーラビット。単一戦、そして複数に囲まれた場合の集団戦。今までなら多少は手間取る事態になっていた筈だが、あっさりと切り抜けられそうだ。

体格の良い『ホブゴブリン』をイメージして、何度も虚空を斬る。

圧倒的速度の『マーダーラビット』をイメージして、動きに合わせて剣を振るう。

時には、『ホブゴブリン』との鍔迫り合い。『マーダーラビット』との高速バトルを想定する。そのどれもが、有利に戦えた。

そうして何度もシミュレートを続けていると、今度は別の事が気になり始めた。

これまで考えもしなかった事だが、何度思い直しても、今の俺ならいける気がするのだ。

「……よし」

目の前にある木に向かって歩き、おもむろに剣を横薙ぎにする。

剣は見事に対象を分断し、木は音を立てて崩れ落ちた。

スキルを得る前は、木を斬るなんて考えもしなかった。いや、出来るとは思わなかった。『怪力』スキルを加味してもだ。

けど、スキルを得てからは、剣をどう振ればどのような結果になるのか『予知』出来るようになった。これは大きな成長だった。

「剣に対する理解か……。なら次は、実戦で試さないとな」

俺は林の外へと飛び出した。

◇

『ヒュンヒュン！』

『ザッ！』

『ザッ！』

まるで草刈りをするかのように剣を振るうと、キラーラビットの首は地面へと落ちて行く。

『迅速』の最中は、位置が低すぎてゴブリンのように一撃必殺が出来なかったが、『剣術』を取得してからは、剣を扱う為の適切な身体の使い方まで会得したらしく、自然と最適な動きが出来るようになっていた。

そして今のが丁度、１００匹目でもあった。煙は移動を開始し、目の前の林へと飛び込んでいく。

俺は『迅速』を使いながら、慣れた動きで木や下草を避けつつ、煙と同じ速さで駆け抜けていった。

広場の中心に辿り着いた煙は、一瞬で霧散し、中から奴が姿を現した。レアモンスターは、種類によって出てくるまでのタイムラグにも違いがあるみたいだな。

「よお、昨日ぶりだな。リベンジに来たぞ」

『ギイイイッ!!』

リベンジは向こうも同じか。

けたたましい叫び声を上げ、『マーダーラビット』は目の前から姿を消した。死角に入られたのだろう。

「こっちだな」


『ガンッ！』


『ギィッ!?』

その攻撃手段は昨日も視た。だから、同じようなヘマはしない。剣で奴の角を払いあげ、その下顎に回し蹴りを入れてやる。

『迅速』を使うようになったからこそ、奴の動き出しからどう動くかまで予想できた。そしてそれは『予知』を使うまでもなく、しっかりと視えていた。

『迅速』は、走る速さが上がるスキルではあるが、足のバネなどの基本的な部分は、スキルの影響を受けずデフォルトのままなのだ。その為、直角に曲がろうとした際はどうしても減速が起きてしまう。そこからまたすぐに加速するのだが、加速するまでは通常スピードなのだ。

なので相手が真っ直ぐに来ない場合、左右に気を配っていれば自ずと動きが読めてしまう。それでも、基礎的な『俊敏』ステータスが高ければ問題ないのだが……悲しい事に『マーダーラビット』の『俊敏』はそんなに高くはないようだ。

「これからは強敵も増えていくだろうし、この速さにも『予知』なしで対応できるようにしないといけないな」

『ギュゥゥ！』

「さあ来い、お前の速さを見せてくれ！」

まずは『予知』を無効するよう意識する。ON／OFF機能があるかは不明だが、『鑑定妨害』スキルがあのような仕様であった以上、可能なのではないかと思い試してみたら……どうやら当たりだったらしい。

『ギュウ！』

「……そっちか！」

明らかに、敵の動きに対する予測イメージが視えなくなった。なので俺は、『直感』と直前の動きを読むしかなく、どうしても反応がワンテンポ遅れてしまう。

『ガィン！』

だが、前回のような失敗は起こさない。武器は量産された安価な鉄の剣ではなく、戦いの為に洗練・カスタマイズされた『御霊』だ。武器が容易に破壊されるようなことはないだろう。

そして防具は鉄よりも軽く強固な『軽量ハイブリッドアーマーMK．2』だ。直撃したらどうなるかを試すつもりはないが、それでも問題なく耐えられる『御霊』並の性能はあるはずだ。急所にさえ当たらなければ大事には至らないと思う。

「おら！」

『ギウッ⁉』

『マーダーラビット』を蹴とばし、もう一度構えなおす。

「さあ、いくらでも掛かってこい！」

数回に渡って突進からの受け流しを成功させ、だいぶ目が慣れてきた。そろそろ次のテストもしていくべきだろう。

今までのは、スキル無しでの訓練。となれば次は、普段あまり戦闘に活かせていないスキルを使った訓練だ。今取得している中で、戦闘向けのスキルは『身体強化Lv４』『怪力Ⅱ』『迅速』『予知』『剣術Lv１』『投擲Lv１』『炎魔法Lv１』『水魔法Lv１』。

この中であまり活用出来ていないのは、後者の３つだ。まず『投擲』。これは本来であれば専用の武器が望ましいようなのだが、今手元にあるのはキラーラビットの角くらいのものだ。まずは弾数がハッキリしているこいつから消費していくとしよう。

『ギゥ！』

突進を躱し、すれ違いざまに角を投げてみる。だが、向きが悪いのか勢いが足りないのか、角は刺さることなく胴体にぶつかり地面に落ちた。

「角の強度不足か、変な姿勢だったから勢いがつかなかったか?」

『投擲』のスキルは、適した武器を熟練の狩人のごとく投げる技術が身に付くスキルだ。だけどそこには当然、本来あるべきはずの経験もなければ知識もない。技術に付随する本来あるべきものを取得していないのであれば、後から手にする必要がある。『投擲』スキルを始め、スキルには獲得する為の道筋があるはずだ。それ相応の相手と戦うなり、冒険の末に出会う宝箱からの入手。もしくは、知識や経験はあるけれど技術を補填するためにお金をためてオークションで買うなど。手段は様々だが、全てが0の状態で入手するなんてことはまず有り得ないだろう。

そういう意味でも、『レベルガチャ』は『運』さえあればそういった道程を全てショートカットする。そうしてズルをした分、経験や知識を得るためにがむしゃらに使う必要があるのだ。

「まあ、技術がある分、何もないよりかは経験が得られるだろうけどな」

やっぱりズルだな。一人ほくそ笑むと、『マーダーラビット』が突進の構えを見せる。今度は、死角に回り込もうと踏み込んできたタイミングで投げてみるか。

そうして投げる事十数回。リュックに手を伸ばすがそこには角はなく、どうやら在庫切れのようだ。その内相手に痛打を与えた回数は4回。角度が甘く切り傷のようなものが3回と、奇跡の一撃《クリティカルヒット》で横腹に突き刺さったのが1回だ。

『ギゥゥ……』

改めて見てみると、『マーダーラビット』の息が上がってきてる気がする。突進の間隔もちょっとずつ延びてきているし……。最初に俺を追い回していた時もそうだったけど、こいつ、もしかしてスタミナがないんじゃないか？

俺はまだまだ全然いけるけど、こいつが先にバテたら検証にならないじゃないか。仕方ない、こいつが完全に使い物にならなくなる前に、魔法の検証を始めるか。

『ギゥ、ギゥゥ……！』

もう何度目かもわからない直線の突進を躱し、すれ違いざまにファイアーボールをぶつける。

『ジュゥゥゥ』

『ギウッ!?』

狙って打ったわけではないのだが、どうやら角が刺さっていた場所にぶつかったようだ。そのせいでファイアーボールは直撃には至らず、角は取れてしまい、傷口を焼くに留まってしまう。けど、そのおかげか傷口が焼けて血が止まったらしい。

「ラッキー。これでもう少し長持ちするか」

『ギゥ……』

ファイアーボールはダメージが発生するし、効果は1戦目で確認済みだ。もう使わなくても平気だろう。

「ウォーターボール。さあて、水浴びの時間だぞ」

結果、ウォーターボールは攻撃魔法としては少し弱い事が分かった。勢いよくぶつければちゃんとダメージはあるが、ファイアーボールほどの追加ダメージはなく、ただ濡れ鼠にするだけだった。いや、こいつは兎か。

どちらかというと身体を濡れさせることで毛皮持ちの相手には身体を重くさせる効果があるくらいか。だけど効果は微々たるものだし、こちらからの攻撃も滑る可能性がある。更には足元がコイツと魔法のせいでずぶぬれだ。更に放っておけば泥濘になりかねない。攻撃方法としてはいまいちであることしか分からなかった。

「だがまあ、こいつが足を滑らせて木に激突。長期戦の疲労とダメージで角がへし折れるとは思わなかったが」

『ギ、ギゥ……』

「まあ、なんだろうな。相手の不注意から事態が好転するかもしれないが、こっちも足元を取られる危険性がある。リスクのある魔法だな……。顔にぶつけて一時的に視界を奪うくらいが限界か」

窒息させられないか試してみたが、どうあがいてもこの魔法は、球体を維持しようとする力が強いらしく、投げた後は操作の自由が無かった。これはレベルの問題か、ステータスの問題か、はたまたそういう物なのか……。

『……』

「まあいいか。検証も終わったし、今楽にしてやるよ」

広場の中で激突を続けた俺達だったが、両者の違いは決定的だった。『マーダーラビット』の2

本ある角は1本がへし折れ、残った方も所々が欠けている。身体も切り傷、刺し傷、火傷に全身ずぶ濡れ。無事な所はほとんどない。対して俺はというと、多少肩で息はしているものの、怪我らしい怪我は無い。

『御霊』も欠ける事など無く、今もなお他者を魅了する煌きを放っていた。

「これでとどめだ。訓練ありがとな」

『ギ!!』

最後の力を振り絞るかのように、またしても愚直に真っ直ぐ突進をしてくるが、もうコイツの動きは『予知』無しでも完全に見切っている。適切な距離を移動し、適切なタイミングで剣を払う。剣は『マーダーラビット』の首元を大きく切断し、赤い血が噴き出た。

『マーダーラビット』は倒れ伏し、煙となって消えていく。

「ふぅー……」

実に、良い鍛錬相手だった。

【レベルアップ】

【レベルが12から27に上昇しました】

戦いで疲労した身体を休めつつ、湧き出る煙を見守る。タイマーカウントが7分を越えた辺りで煙は一気に霧散し、アイテムをドロップさせた。

「完全消失まで7分ちょっとか。やっぱり、相手のレベルの問題かな？」

そしてドロップは、叩き折ったりボロボロにしたにもかかわらず、完全な形の角が2本、毛皮、『中魔石』。そして『迅速』のスキルオーブだった。

「これで、マキの専属は確定だな」

使ってしまって『迅速Ⅱ』にするための素材にしたい欲があったが、まずは確実に1個持ち帰る為にも、コレはリュックへとしまう事にした。

「マップの四隅もそうだけど、ここも人が来ない場所だから、周りを気にせずガチャが回せて楽で良いな」

座り込んだ俺はガチャを起動し、「10回ガチャ」を押す。


『ジャララ、ジャラララララ！』

出てきたのは青5、赤4、紫1。やはり同じラインナップだった。


『R　腕力上昇＋8』

『R　器用上昇＋7』

『R　頑丈上昇＋7』

『R　俊敏上昇＋7』

『R　魔力上昇＋7』
『SR　俊敏上昇＋18』
『SR　魔力上昇＋20』×2
『SR　スキル：身体強化Lv1』
『SSR　スキル：予知』

＊＊＊＊

名前：天地　翔太
年齢：21
レベル：7
腕力：147（＋137）
器用：141（＋131）
頑丈：135（＋125）
俊敏：155（＋145）
魔力：148（＋140）
知力：129（＋121）
運：332

スキル：レベルガチャ、鑑定Ｌｖ２、鑑定妨害Ｌｖ４、自動マッピング、身体強化Ｌｖ５、怪力Ⅱ、迅速、予知、剣術Ｌｖ１、投擲Ｌｖ１、炎魔法Ｌｖ１、水魔法Ｌｖ１

＊＊＊＊＊

「『予知』２個目!?　けど、やっぱり重ね掛け1個じゃなんの変化もないいんだな。『予知』も３つで上がるのか、それともレア度が違うから更に要求されるのか……。億単位のスキルをポンポン消費していくのは、中々怖いなぁ。まあ、絶対売ったりしないけど」

そもそも、ガチャから出たアイテムって、売れるのか？

宝箱やレアモンスターからドロップしたものと同じ保証はないいんだよな。逆もしかりだけど。

「ま、それはさておき。『迅速Ⅱ』目指して狩りますか！」

◇

「ほい、２匹目」

【レベルアップ】

【レベルが14から28に上昇しました】

「これで３匹目」

【レベルアップ】

【レベルが15から28に上昇しました】


「ラストー！」


【レベルアップ】

【レベルが15から28に上昇しました】


『マーダーラビット』狩りは順調だった。

倒してはガチャを回し、キラーラビットを倒せば14～15くらいになり、そこから倒せば毎回レベル28になる。その過程で気付いたが、俺は当初レベルガチャを使ってレベルが下がった時、途中まで溜まっていた経験値は無駄になると思っていた。だけど、上記のようなズレが起きている以上、溜まっている割合分はそのまま引き継がれることが判明した。

ま、細かな違いだけど。

そうしてこの工程を3回繰り返し、お目当てだった『迅速』も『迅速Ⅱ』へと進化し、最後の4匹目で持ち帰り用のスキルを確保した訳だ。……うん、結局我慢出来なかったんだ。

その成果のガチャは以下だ。

青13、赤13、紫4。
紫の更に上は拝めなかったが、それでも紫が1つ多く出たのは大きい。

『R　腕力上昇＋7』
『R　腕力上昇＋8』
『R　器用上昇＋6』
『R　器用上昇＋7』×2
『R　器用上昇＋8』
『R　頑丈上昇＋6』
『R　頑丈上昇＋8』
『R　俊敏上昇＋7』
『R　俊敏上昇＋8』
『R　魔力上昇＋7』
『R　魔力上昇＋8』
『R　知力上昇＋8』
『SR　腕力上昇＋20』×2
『SR　器用上昇＋20』×2

『SR　頑丈上昇＋18』
『SR　俊敏上昇＋18』
『SR　魔力上昇＋20』
『SR　知力上昇＋18』
『SR　スキル：鑑定Lv1』
『SR　スキル：鑑定妨害Lv1』
『SR　スキル：身体強化Lv1』×2
『SR　スキル：投擲Lv1』
『SSR　頑丈上昇＋50』
『SSR　俊敏上昇＋40』
『SSR　スキル：魔力回復Lv1』
『SSR　スキル：魔力譲渡』

＊＊＊＊＊

名前：天地　翔太
年齢：21
レベル：8
腕力：203（＋192）

器用：２１０（＋１９９）
頑丈：２１８（＋２０７）
俊敏：２２９（＋２１８）
魔力：１８４（＋１７５）
知力：１５６（＋１４７）
運：４５４

スキル：レベルガチャ、鑑定Ｌｖ３、鑑定妨害Ｌｖ５、自動マッピング、身体強化Ｌｖ７、怪力Ⅱ、迅速Ⅱ、予知、剣術Ｌｖ１、投擲Ｌｖ２、炎魔法Ｌｖ１、水魔法Ｌｖ１、魔力回復Ｌｖ１、魔力譲渡

＊＊＊＊＊

アプリで調べたところ、魔力回復は15秒ごとにレベルの数値ずつ魔力を回復させるスキルで、魔力譲渡は他者に自身の魔力を分け与えるスキルだった。

魔力回復は魔法使い垂涎のスキルのようで、目を覆いたくなる値段だった。魔力譲渡も予備バッテリーのような扱いで、こちらも結構な値段がした。

けど、俺の戦い方としてはほとんど魔法の運用はしていないのと、ぼっちなのであまり関係が無かった。

「さてと、そろそろ16時か。どうしようかな……」

帰って報告してしまうか、それともまだ狩りをするべきか……。

体力的にも気力的にもまだまだ戦える。詳しく言えば、マーダーラビット2体分くらいはいける。

「……いや、俺は問題なく狩りが出来ていると安心させるためにも、今日の所は早めに帰るか。遅くなってマキを心配させたくないし」

念のためマップを開いてみれば、最初のあの林にはまだ人がいた。でもモンスターの影は無く、何やらウロチョロしている様子だった。……もしかして、俺の討伐した噂を聞いて探して回ってるのかもな。

でも、モンスターを倒さなければ『マーダーラビット』はそもそも出現しないし、自然に湧いたりはしないものだ。とりあえず、ああいう動きをする人がいる事は覚えておこう。今後、俺が湧かせたレアモンスターを取られないようにするためにも。

「さて、帰りますか」

2人目の専属

地上へと戻り協会の扉をくぐると、いつものようにマキは待っていなかった。アキの姿も。その代わりに、賑やかな雰囲気が出迎えてくれた。

協会内部は狩りを終えた冒険者達で溢れかえっていて、専属を持っていない一般冒険者達が、査定のカウンター前で列をなしていた。ちらりと様子を窺うが、査定のカウンターにはマキも、アキさんの姿も無い。

休憩中かな？

そう思って専属専用のカウンターの方へと足を向ける。普段はマキのおかげで利用する機会は無かったが、ここは専属の受付嬢を呼ぶための専用窓口で、査定のカウンターから少し離れた位置にあった。

「すいませーん」

「はい、いかがされ……あ。あなたはショウタさんですね。おかえりなさい、今日も無事の帰還、心よりお祝い申し上げます。ですが、あの子達の予想よりも早いお戻りでしたね」

「はは、彼女達を心配させたくなくて。それで、２人はどこに？」

「まあ、仲良しなのね。あの２人でしたら、今は支部長室にいるはずですよ」

そこまで言って、カウンターのお姉さんに手招きされ、耳打ちされる。

「さっき直接聞いたのですが、ショウタさんの事で物申すと息巻いていまして。主にアキちゃんが」

「あー……あの件か。察しがつきました。俺も参加したいので、行っても良いですか？」

「はい、ご案内します。ショウタさん、マキちゃんのこと、よろしくお願いしますね」

「任せてください」

マキは愛嬌もあれば、仕事もするし努力家でもある。

そりゃ、他の受付嬢からも愛されてるよな。

◇

これが本当のお姉さんタイプ。と言える受付嬢のハナさんに案内され、支部長室へと辿り着く。

協会の部屋はどこも防音対策が施されてるはずだが、アキさんと思われる荒れた声が漏れ聞こえている。ハナさんは俺と顔を見合わせ、頷いてからノックした。

「お話し中申し訳ありません。支部長にお客様がお見えでしたので、お通ししました」

扉を開けるも、支部長と姉妹は向き合っており、誰もがこちらを見ず睨みあいを続けていた。

「そう、ご苦労様。あなた達、話は終わりよ。業務に戻りなさい」

「ちょっと、まだ話は！」

支部長はそう言うと、2人を追い払うように手を振った。けど、アキさんは納得できていないようで噛みついている。ここは早めに出る必要があるな。

「アキさん、落ち着いて」

「……あれ、ショウタ君？」

「ショウタさん、おかえりなさい！」

マキは駆け寄ってきて、熱心に俺の身体を見回した。

「大丈夫、怪我はないよ」

そう言うと安心したように微笑んだ。

さて、アキさんと何を言い争っていたのかは憶測でしかわからないけど、まずは俺の用件を片付けてしまおう。

「アキさん、ここは俺に任せてもらえますか」

「……わかったわ」

「アマチ君だったわね。私に何の用かしら。こう見えて私は忙しいのよ、大した用事じゃないなら2人を連れて」

「何言ってるんですか支部長、俺と交わした昨日の約束、もう忘れました?」

「え、何を言って……まさか」

驚く支部長の目の前に、『迅速』のスキルオーブを置く。

「約束の物です」

振り向くと、マキと目が合った。頷いて見せると、喜んでくれているのが分かった。

隣ではアキさんが親指を立てている。

「では約束通り、マキを専属に貰いますね。それじゃ」

「……待ちなさい」

2人を連れてそそくさと出ようとしたが、待ったをかけられる。ダメか。

誤魔化して出て行けるかと思ったけど、支部長は甘くなかったようだ。支部長は手を顔の前で組み、考え込む様子でこちらを見ていた。その姿は、俺に何かを確認するようだった。

「アマチさん。私がマキに監視を付けていたのは聞いていますね」

「はい」

「彼女は1度、仕事を続けることが難しいほど壊れてしまった時がありました。私や仲間、アキの尽力により回復し立ち上がりましたが、再発する危険を常に孕んでいました。その為、その子の様子は逐一確認し、弱い冒険者に絆《ほだ》され同じ目に遭わぬよう、徹底的に防壁を置きました」

「……」

「そんな中、最弱と言って良いあなたが、あろうことかマキの専属に名乗り出ました。『ホブゴブリン』単独討伐と聞きましたので『鑑定』を使いましたが、正直期待外れでした。『運』は飛びぬけて高いものの、視えた他のステータスは本当に壊滅的。なぜその程度で勝てたのか不思議でなりません」

『ホブゴブリン』を討伐した直後か。あの時は、ガチャの恩恵でようやく、ガチャ前よりちょっと強くなった程度だったと思う。……まあ、『身体強化』が無ければまず勝てなかったな。

「今回は『運』よく勝てたとしても、レアモンスター討伐は、『運』だけでは決して達成できないものです。再び同等のスキルを手に入れる事は難しいと判断し、このお題を出したというのに、あなたはたった1日で……」

そう言って、支部長は指でスキルオーブを転がした。

「報告は聞いています。第二層の、当ダンジョンでは未確認とされていた、レアモンスターである『マーダーラビット』を討伐したと。『マーダーラビット』は他の協会で討伐され、実際に『迅速』のドロップが確認できています。あなたは昨日これを打ち倒し、再び今日、撃破の上でスキルオーブを得たのですね」

「そうです」

「……わかりました。どうやら私の見る目が無かったようですね。約束通り、私はあなたの実力を認め、正式にマキを専属に付ける事を許可します」

「「!!」」

よし!!

「やった!!」

「やりましたね、ショウタさん!」

「これで皆一緒よ!」

マキが俺の専属になる事を認められ、3人で大はしゃぎしていると、支部長が咳払いをした。

「それから、これはお返しします」

そう言って支部長は、『迅速』のスキルをこちらへ手渡そうとしてきた。

「え? でもこれはオークションに」

「あれは持ってこさせるための建前です。確かに出品されれば我が協会の評価は上がるでしょうが、所属する冒険者が成長しなければ、意味がありません。まずはこのスキルを使用し、あなた自身が強くなることで、スキルオーブを安全に確保するための下地を作るべきです。オークションに出すのは、二の次で構わないのです」

この反応、もしかして昨日スキルを獲得したことは知らないのか?

「本来であれば、前回の『怪力』も褒められたものではありませんでしたよ？　お金が入用という訳でもなく、自身で使うわけでも無い。ただ受付嬢に貢ぐためにオークションに出すなどと」

「いやあれは、貢ぐとかじゃなくて」

「日ごろのお礼だとしてもです。もしやあなたは、私の娘たちがいきなり大金を手渡されて、無条件に喜ぶような人間であるとお思いですか⁉」

「め、滅相もございません」

マキにお説教された時以上の圧力が、支部長から放たれた。この恐怖はレアモンスターの比じゃない。怖すぎる！

……確かに思えば、お礼とはいえあのチョイスは駄目だった気がする。

「……2人ともごめんね、思いつかなかったとはいえ、あんな渡し方をしちゃって」

「びっくりしたんですからね、反省してください」

「そうよそうよ」

「……でも、それはそれとして貯金を使わせちゃったのは事実だから、ちゃんと返させてね」

「はいっ」

「いいわよ」

「というわけなんで、支部長。それは当初の予定通り、オークションに出してしまって大丈夫ですから」

「なんですって？　先ほどの話は聞いていましたか？　あなた自身が強くなってからじゃないと」

「その心配は不要です。……よしっと。支部長、『鑑定』してもらって大丈夫ですよ」

「一体何を……!? 『怪力Ⅱ』に『迅速Ⅱ』!? これは一体……」

支部長が目を白黒させる様子を見て、ちょっとした満足感とやってやった感を覚えた。それと、多少の疑問も。

「アキさん、まだ伝えてなかったんですか？」

「報告書は作ったから、あとは本部に提出するだけの状態ではあったわよ。お母さんにはマキの心配はいらないって文句言いたくて、つい後回しに」

「それなら仕方ないですね」

「でしょー！」

「アキ。その報告書、こっちに見せなさい」

「ハーイ」

アキさんはアプリにデータを入れていたらしく、支部長の端末に素早く送信した。協会のアプリ、ほんと便利だよな。

「それはそうと、今日1日で何体のレアモンスターを倒したの？」

「午前に4体、午後に4体、だね」

「相変わらず無茶苦茶だわ……」

「そんな事が出来るの、ショウタさんだけですよ」

「そうかな？」

「で、『小魔石』は？」

「全部捨てた」

「……何個くらいですか？」

「午前と合わせて800ちょい」

「ああー……」

そう言えば、魔石の回収こそが協会の一番の目的だったか。それを拾いきれずに捨てたどころか、面倒だからと拾ってすらないもんな。そりゃ頭を抱えるか。でも、いちいち拾ってたらレアモンスター討伐への時間が削られるし、面倒なんだよなぁ。俺の探求対象に、魔石は含まれてないんだもん。

俺達の会話に支部長はこめかみを押さえつつも、顔を上げた。どうやら報告書は読み終えたようだ。

「アマチさん。『怪力Ⅱ』の効果はあなたが検証を？」

「はい、そうです」

「後日、可能なら『迅速Ⅱ』の検証もお願いします。今日からアキとマキ、この2人があなたの専属です。ですからこの報告書は、2人の連名で提出しておきます。早速次の支部長会議にて共有させてもらいますね」

「マキと一緒ならおっけー！」

「アマチさん、1つだけお伝えすることがあります。レアモンスターを連続で狩り、更にはスキルオーブを入手し続ける能力について、私からは言及しません。ですが、その力は間違いなく注目を集める事でしょう。オークションにスキルを出すと同時に、この報告書を世に出すという事は、その危険性を招きます。覚悟は宜しいですか？」

「２人を専属に貰うんですから、それくらい出来ないと。ですよね？」

冗談っぽく言ってみると、支部長は不敵に笑った。どうやら、合格らしい。俺達は支部長に一礼をし、部屋を後にした。

そう言えば、ここまで案内してくれたお姉さんはどこに行ったんだろう？

◇

「ハナ」

「はい、ミキさん」

ショウタを部屋に案内した受付嬢、ハナが部屋の陰から現れた。彼女は邪魔にならないよう隠れていたようだった。当然、今の場面を目撃していたため、その顔には満面の笑みを浮かべている。

「アマチさんの討伐情報に嘘は無かった？」

「はい、第二層の戦いの場となった林地帯では、逃げ回っていた痕跡が発見されましたが、調査の結果しっかりその場で討伐出来ていたようです。それと本日は、その林には近付かなかったと、調査員から報告を受けています。補足ですが、ダンジョンの修復システムが働いていたため、明日には林は元通りになっているかと」

「そう、ご苦労様。調査員の気配に気が付いたのかしら。勘が鋭いのは良い事だわ、不慮の事故に巻き込まれる可能性が低いという事だから。では、彼の評価は正当な物で間違いはないのね？」

「はい。ダンジョン内での活動、及び普段の素行調査。ともに問題ないそうです」

「わかったわ。これ以上の事はあの子達に任せます。彼に対する人員も撤退させて。アキもいるから、マキの心配も不要でしょう」

それを聞いたハナは、端末を通して部下に撤退を指示する。

「承知しました。それにしても、1日で魔石800以上、レアモンスター8体ですか。魔石は捨ててしまったとはいえ、率直に言って頭のおかしい数値ですね」

「ハナもそう思う？　ベテランの冒険者5人チームが、仮に100％魔石をドロップさせたとしても500前後になると思うわ。それを1人で800。しかもまだ余力を残している様子だったわ。凄い子が現れたわね」

「普通、生き物を殺す事に対して、忌避感を覚えるものです。けど、彼にはそれがないのでしょうか？」

「見た限り、彼はモンスターに対してのみその手の免疫がありそうね。外での素行には問題がないんでしょう？」

「ですが、普通はもっと疲労を覚えると思います。その為に、受付嬢にはメンタルケアの資格を取らせてるんですから。それもなしに毎日あの数値を叩きだせるなんて……。やっぱり彼は異常ですよ」

「そうかしら？　たまにいるでしょ、そういうダンジョン適性の高い人」

「ミキさん、随分と彼の肩を持ちますね。愛娘の期待のお婿さん候補ですし、気に入りました？」

「ち、違うわよ。レアモンスターにはまだまだ謎が多いでしょ。例えば、3種類しかモンスターがいない階層に4体目のレアモンスターが現れたとか、そんな噂が沢山あるじゃない。彼なら、そういうのも解き明かしてくれそうでしょ？」

「ふふ、そういうことにしてあげます」

そんな風に、口では異常だとしつつも、ダンジョン適性の高いショウタの事をハナは気に入っていた。

「おほん。そ、それじゃ、今日の予定を聞こうかしら」

ミキが咳払いを入れると。その瞬間彼女の顔つきが、母親から支部長へと切り替わる。

「はい。この後は3人の冒険者に対する、専属面談が控えています。その内2人は冒険者からの希望で、残り1人は受付嬢からの希望です。また、冒険者からの希望者に1人、マキちゃんの専属指名がありますが……」

「一応面談はしてあげるわ。素行と能力に問題なければ、皆にアンケートをして、希望に沿う娘がいるか聞いてみるから」

「……お疲れ様です。普通、ここまで面倒見てくれる支部長なんて珍しいですよ」

「そうかもしれないわね。でも、ここの協会に所属する以上、従業員は皆私の娘のようなもの。変な冒険者を付けて、傷物にされたくないわ」

そんな支部長を、ハナは心からの敬愛を込めた目で見つめていた。

祝勝会を開いた

「「「かんぱーい!!」」」

俺、マキ、アキさんの３人でグラスを当てる。

現在俺達は、アキさんイチオシの、個室対応型の居酒屋で祝勝会をしていた。ここは冒険者や協会関係者が、内緒ごとの話で利用する為のお店らしく、そういった仕様のお店は、協会付近に結構あるらしかった。

この祝勝会。発端としては、俺が『ホブゴブリン』を討伐したことをお祝いする為に発案されたそうだが、その後『マーダーラビット』の討伐、マキの専属化と、目出度《めでた》いことが立て続けに起きたため、アキさんが「この際まとめてパーッと楽しもう！」と言い出した。

まあ俺としても、色々と上手く運んだ事は嬉しかったし、こういう場を設ける事は苦手だったから助かった。ちなみにアキさんは当然の如くビールで、俺は甘めのカクテル。マキは19なのでノンアルコールだ。

「ところで、なんで2人とも隣に座ってるの？」

４人用の腰掛テーブルにもかかわらず、３人横並びという異様な状態だった。

「だって、ねぇ？」

「姉さんとは対等な関係ですから」

「なら俺は1人で、2人が並べば良かったんじゃ」

「でもせっかくだし？」

「一緒が良いですから」

だそうだ。

なら、6人用のテーブルを使えば良かったという話だが、もう始まってしまったので手遅れだった。少し狭いが、それは次から気を付けよう。

◇

話は大いに盛り上がった。

ダンジョン関係であれば第一層や第二層での出来事について。他のダンジョンでの有名冒険者の活躍や、オークションに出ていた他のアイテムだったり。ダンジョン外の話であれば近場の花屋さんだったりショッピングについてだったりとか。話題は尽きなかった。

そうして食事もお酒も進み、夜も更けてきた頃。

「ねぇ〜ショウタくん〜」

「なんですか」

俺はデロデロの酔っぱらいに絡まれていた。

「ことば、かたい〜。あたしとショウタくんのなかでしょー」

「……それは、マキみたいにしろと？」

「そう～。さみしいでしょー」

「……善処するよ」

「えひひ」

アキさん……いや、アキは酒を飲むたび積極的になっていた。

体重をこちらへと預けてくるようになり、柔らかい感触を押し付けてくる。しかも、たまに泣き出したり、笑いだしたり、プリプリ怒ったり、甘えて来たりと。感情の変化が目まぐるしかった。

俺も多少酔ってはいるが、ここまでひどくはない。

逆にマキは、さっきから随分と大人しい。アキに対抗するように、頭はこっちにもたれかかってるけど。

そう思っていると、マキに腕をぐいっと引っ張られた。

「ショウタさん……」

「ん？　どうしたマキ」

「子供は、何人ほしいですか？」

「ぶほっ！」

突然の言葉に噴き出してしまった。

その瞬間、あまりの衝撃に頭から冷水をぶっかけられたような衝撃を覚えた。酔いも醒める。

「あたしはさんにん～」

反対側の酔っぱらいも、乗っかるように言ってくる。

ああ、これは確定だ。酔った勢いとはいえ、2人は素面《しらふ》じゃ絶対言えないだろうし冗談でこんなことを言ってくる人たちじゃない。きっと、本気でそう思ってくれてるんだろうな。

俺も2人の事は嫌いじゃない。出来ればお近づきになりたいと思ってはいたけど……。でも、それにかまけてダンジョンを疎かにはしたくないんだよな。

2人の気持ちには応えなきゃいけないとは思うけど、きっとお酒の場面での一幕なんて覚えていないだろうし、今回は聞かなかった事にしよう。そして、いつか時が来たら、俺の方からちゃんと伝えよう。

……てか、マキはお酒じゃなくてジュースを飲んでいなかったっけ？　マキの顔を改めて見る。

すると、明らかに顔が火照っているし、目も据わってる。

「確かにこの部屋、酒気が充満してるけど……まさかこれだけで酔っちゃったのか!?」

「ショウタしゃん、私は酔ってません」

マキ、酔っぱらいはみんなそう言うんだよ。

「あたしも～。ぜんぜんしらふ～」

「お前は酔ってる」

少し鬱陶しかったので、遠慮せずピシャリと言い放つ。

けど、アキはそれを聞いてきょとんとした後、ケタケタと笑っていた。

「次からは換気のいい部屋を用意してもらおう」

「ショウタしゃん、話はおわってません」

「こどもー！」

「……よし、お開きにしよう」

このままではダメだ。話が通じない以上、まともに相手をするわけにはいかない。

2人の事を適当にあしらいつつ、会計を済ませる。

幸い、2人が住んでいる協会附属の建物はすぐ近くだった。千鳥足になっているアキの腰を抱えつつ、足取りは軽いがもたれかかってくるマキと手を繋ぐ。

そんな2人を連れて、彼女達の部屋へと向かう。

「えへ～、お持ちかえりされちゃうの～？」

「持って帰ってくだしゃい」

「まあ、君たちの家だけどね」

マキから鍵を受け取り中へと入ると、アキは手慣れた様子で自室のベッドにダイブし、秒で爆睡。

マキはずっと腕にしがみ付き、一向に離れる気配がしなかった。

「ショウタしゃん、お風呂にしますか？　ごはんにしますか？　それとも～」

「ご飯はさっき食べて来たでしょ」

「そうでしたっけ……？」

割と本気でダメそうだ。

「いいから寝なさい」

マキをベッドに連れて行くが、反応が無い。

「マキー？」

「……むにゅ」

「寝てる⁉」

腕にしがみついて寝落ちした彼女を、なんとかベッドに寝かせて腕から剥がそうとする。だが、全然上手くいかない。何故なら……。

「意外と力強っ⁉」

そういえば、彼女は受付嬢になる前に冒険者としてちょっとやってた時期があるって言ってたな。なら、加減をしなければ一般人よりも強いのか……。ちょっと納得。

だがそれはそれとして、このままではマズイ。起きたときに言い訳が出来ない。俺はなんとか起こさないよう細心の注意を払って彼女のホールドから腕を抜き取っていく。

「……あっ」

だが、そこで油断してしまった。腕を抜いたその瞬間、今度は上着を掴まれてしまったのだ。これに関してはガッチリと抱き枕として奪われてしまったため、軽く試すが救助不可と断念。気持ちよさそうに寝ている彼女から無理やり奪う訳にもいかないし、起こしてしまうのは罪悪感が……。

「はぁ、仕方ないか」

明日もダンジョンに行きたいし、今日は疲れたし、もう泊まらせてもらおう。

「ソファー借りるね」

甘く心地よい香りに包まれながら、俺は微睡へと落ちて行った。

◇

「……ん」

ぼんやりと意識が覚醒し、薄っすらと目を開くと明かりに目が眩んだ。少し頭が痛いが、よく眠れた気がする。

ああ、部屋の電気を消すのを忘れていた。

けど、うちの部屋にこんな電球……。

「……！」

そこまで思った所で、思い出した。今どこで、どんな状況なのかを。

隣に気配がしたので、恐る恐るそちらに目を向けると、俺の上着を大事そうに抱えながら幸せそうに微笑むマキの姿があった。

「……マキ」

「ひゃっ!?」

何してんの？　と言いたくなったが、聞くまでもない事だったのでそこはグッと堪える。

「……おはよう」

「お、おはよう、ございましゅ……」

消え入りそうな声だった。

[初心者歓迎]Ｎｏ．５２５初心者ダンジョンについて語るスレ　[第３１１階層目]

１　名前：名無しの冒険者

ここはＮｏ．５２５初心者ダンジョンに集まる、駆け出し冒険者の為の掲示板です。ルールを守って自由に書き込みましょう

◇

８８１　名前：名無しの冒険者
昨日のレアモンスターの件、情報が更新されていたぞ

８８２　名前：名無しの冒険者
『マーダーラビット』か。他のダンジョンで出没報告はあったけど、うちでは初めてらしいな。調査員の人達が調べてくれてるみたいだけど、またやばいのが見つかったなぁ……

８８３　名前：名無しの冒険者
発見はあの『虚無の森』なんだろ？
やっぱ不気味だったからなー、あの林。これからも近付かないように注意しようぜ

８８４　名前：名無しの冒険者
それが正解だな。それにしても『迅速』持ちか。角もやばそうな形状してるし、これで突進されたらひとたまりもねえな

８８５　名前：名無しの冒険者
木々がへし折られるのも納得

８８６　名前：名無しの冒険者
『ホブゴブリン』はまだしも、これに出会ったら逃げらんねえよな……

８８７　名前：名無しの冒険者
ところで、昨日『一等星』の人達が向かったんだろう？
彼らが倒したのか？

888　名前：名無しの冒険者
いや、どうにも違うらしい。

あのシュウが、真新しい装備をつけた冒険者に絡んでたから、たぶんそいつがやったんじゃねえか？

889　名前：名無しの冒険者
でもその新しい装備の奴って……マキさんが対応してなかったか？

890　名前：名無しの冒険者
ま？

891　名前：名無しの冒険者
マジマジ

892　名前：名無しの冒険者
そういえばあの冒険者、スライムハンターに似てたな……
いや、まさかそんな

893　名前：名無しの冒険者
それはないだろ
……ないよな？

◇

914　名前：名無しの冒険者
話は変わるが、マキさんにお姉さんがいたなんてな。

915　名前：名無しの冒険者
性格は全然違うが、あれも別ベクトルに美人だったな

916　名前：名無しの冒険者
元気ハツラツなポニテガール。
イイ……

917　名前：名無しの冒険者
姉妹仲も良さそうで何より

９１８　名前：名無しの冒険者
あの２人に挟まれてゴミみたいな目で見られたい

９１９　名前：名無しの冒険者
わかりみがある

９２０　名前：名無しの冒険者
どうやらこのスレは手遅れのようだ

９２１　名前：名無しの冒険者
とりま、協会のプロフ画像だけど、貼っとく
＊＊＊＊＊＊＊＊

９２２　名前：名無しの冒険者
有能

９２３　名前：名無しの冒険者
ん？　お姉さんの所属協会、第７７７支部……？
この情報、どこかで……

９２４　名前：名無しの冒険者
おいばかやめろ

９２５　名前：名無しの冒険者
せっかく気にしないようにしてたのに、唐突に現実を突きつけるな

９２６　名前：名無しの冒険者
そうじゃないかもしれないだろ！！

９２７　名前：名無しの冒険者
でもプロフィールに、専属済のマークが書いてあるんだが

９２８　名前：名無しの冒険者
シャラップ！

書き下ろし番外編

楽しみの共有

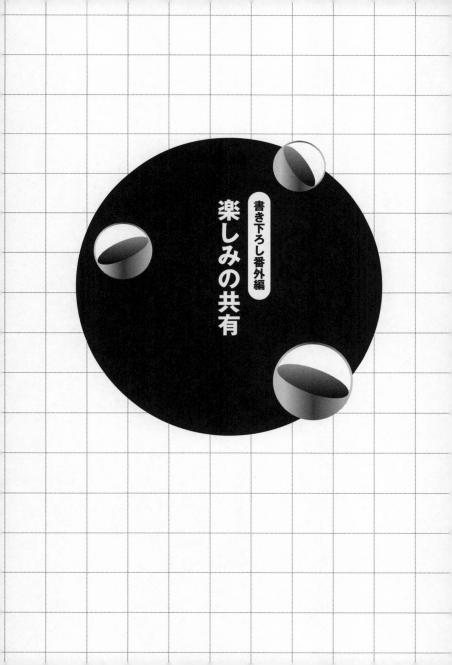

「……うん、ばっちり」

マキがシチューの出来栄えに満足していると、玄関の扉が開く音が聞こえた。

「ふふ〜ん、たっだいまー！」

どうやら、最愛の姉が帰ってきたようだ。聞こえてくる鼻歌からして、かなり上機嫌らしい。

姉が幸せそうにしている理由は、ここ最近は1種類に絞られていた。

「姉さん、おかえりなさい。晩御飯、もう少しで出来るからねー」

「はーい、いつもありがと！」

「どういたしまして。それにしても姉さん、いつにも増してご機嫌だね。彼が何かしてくれたの？」

「うぇ!? す、鋭い。まだ何も言ってないのに……」

「だって、姉さん分かりやすいんだもん。この分かりやすさがもう少し、姉さんの想い人に伝われ
ばなぁ……」

「うぐっ」

姉は他人と仲良くなる術には長けているくせして、恋愛に対してはとても奥手だ。好きになって
2年……そろそろ3年も経つというのに、未だに片思いなのだ。同じ職場にいたとしたら、きっと
ヤキモキしていただろう。

「ふ、ふんだ。そんな事言っていられるのも今の内よ。今日はビッグニュースがあるんだから！」

「ふぅん？　でも後にしてね、今手が離せないから」

「むぅー」

◇

「「いただきます」」

2人で手を合わせ、夕食を頂く。そこでふと、マキはいつもある物がこの場に無い事に気が付いた。

「あれ、姉さん。お酒は？」

「今日はなし！　だって、お酒が無くてもとっても幸せな気分だもの。誤魔化す必要はないわ」

「え、それって……」

ついに姉にも春が来たのかと、マキは鼓動が速まるのを感じた。

「聞いて驚きなさい。ショウタ君、明日からそっちの協会に顔を出すことになったわ!!」

だが、想像していたのとは違う内容に、一瞬呆気に取られてしまった。

「……あ、そっち？」

「え、なによ。嬉しくないの……？」

「ううん、とっても嬉しいよ！　だって、半年間ずっと待ち焦がれてきたんだから！」

「その割にはなんか反応がおかしかったような……」

「だって、姉さんが思わせぶりな事言うから……」

「んん？」

まったく姉さんは。人の気も知らないで。

私達は昔から、好きなものが被る事が多かった。そして姉さんから毎日のように聞かされる惚気話。だからこそ、そこから感じ取れる人物像を思い描くだけで、分かってしまう。私はきっと、彼の事が好きになってしまう。ううん、もうなりかけてる。だって、話を聞くだけでこんなにも会いたいって、思ってしまってるんだから。

でも、もし本当に好きになってしまったら、姉さんとはライバル関係になってしまう。それを避けるためには、私達2人が彼に選ばれる必要があるけれど、それと同時に、彼には協会のランクを上げてもらう必要があった。

ダンジョンが世界中に出現し、そこから1年半ほど過ぎた頃、世界で同時多発的に起きた事件。モンスターがダンジョンから飛び出して周囲の人達を襲う、未曾有の大災害『ダンジョンブレイク』。あの事件は一旦の解決はみせたが、それ以降人類の人口は減少傾向にある。にもかかわらず、ダンジョンは増える一方なのだ。

そんな中、世界中の国がとある施策を始めた。それが冒険者の重婚制度だ。ダンジョンでレベルを上げた人間が子供を作ると、親の特性を受け継いで生まれてくるという。

政府は強い冒険者が沢山の子をなし、次世代を担ってほしいと考えている。けど、低いレベルの冒険者が数を増やしても、あまり意味はない。その境界線が、Cランクだ。

魔石の納品数を考えれば、彼がCランクに到達するのは不可能ではないと思う。けど、話を聞く限り、実力の方は……。お世辞にもよいとは言えなかった。

姉さんは、そこの所、どう考えてるんだろう。

「姉さん、改めて聞くね。彼はCランクになれそう？」

「えっ⁉　い、いきなり核心を突いてくるわね」

「だって、分かってるんでしょ？」

「……まあ、ね。最悪、あたしが現場復帰するのもやむなしかなーって。でも、それは本当に最終手段。あたしの成長係数を知っちゃったら、本気でショウタ君に嫌われかねないもの」

「あ……。そう、だよね」

私も姉さんも、一度冒険者生活で大きな挫折を経験してる。もしショウタさんに同じ事を思われてしまったら、私達はきっと、耐えられそうにない。

「だから、そうならないように出来る限りサポートしてあげたいの。手始めに、あたしは彼の『専属』になったわ。ついでにマキも代理人に指名申請しといたから！」

「ええっ⁉　き、聞いてないよ！」

「うん、今言ったもん。第777支部長命令です、拒否は認めませーん」

「お、横暴だー。……ふふっ」

「あははっ」

2人の笑いが食卓を彩る。

「と言う訳だから、徹底的にサポートしてあげて。彼にはふんわりと『専属』について説明しておいたから、気に入られれば第二の『専属』に指名されるかもよ」

「う、うん。頑張る！」

「にしし」

その後、その『ふんわり』があまりにも杜撰《ずさん》だったことが判明し、後日アキは怒られる事になるのだが……。笑い合う2人は、まだ知らない。

書き下ろし番外編

別のダンジョンにて

とある日の午後。

ガーデンパラソルに木製のテーブルチェアセット。光の壁に覆われた小さなその世界で、優雅に紅茶を嗜む少女がいた。傍に控えていたメイドは端末から顔を上げ、少女に耳打ちをする。

「お嬢様、ニュースです」

「なにかありまして？」

「先日のオークションにて『怪力』のスキルオーブが出品されていた事はご存じかと思います」

「ええ。数ヶ月ぶりに出回った強力なスキルですもの。待ち望んでいた方も大勢おられたようですわね。……わたくしは、最後まで見れませんでしたが」

「可愛らしく寝落ちされていらっしゃいましたね」

「そ、それは夜更かしはお肌の大敵だからですわ。睡魔に抗ってはいけませんのよっ」

この主人はもう18になるというのに、いまだ22時になると船を漕ぎ始め、夜遅くまで起きる事が出来ないでいた。確かに一般的に夜更かしは美容と健康に悪い。だが、それは一般人の話であり、レベルを上げている冒険者であれば関係の無い話だ。

なぜなら、レベルの上昇はその人間にとって一番強く美しい姿へと進化させ、同時に維持しやすくするとされている。事実、いくつもの女性冒険者チームがその論を後押しする為に発足され、それなりの成果をだしているのだ。その為、冒険者の高ランクを目指すということは、様々な特典がついてまわるのと同時に、男女別にそれぞれの謳い文句で日夜募集を続けている。

男であれば複数の相手と関係を持つことが許される。そして女であれば、自身の美貌を強くし、維持もまた容易に出来るのだと。

であるからして、今の主人の言い訳はメイドには通用しなかった。年末年始は一度たりとも起きて過ごせたことはなく、身長も低く子供体型。精神的にも、いつまでも大人になれない主人を、メイドは微笑ましく見ていた。

「それで、『怪力』がどうかしまして？　確か2倍近い値段で取引されたとニュースになっていましたわね」

「はい。5800万で落札されました」

「まあ。一般の方には大金ですわね」

「そしてその出品者ですが、気になる所がありました」

「……？　出品者は、いつものミキ支部長なのでしょう？」

各協会を管理する支部長は、自身のダンジョンにて成果を上げる冒険者達を大事にするが、『初心者ダンジョン』のミキ支部長は冒険者・職員問わず全てを大事にすることで有名だった。その為、初心者が高額出品物の名義になって不幸な目に遭わないよう、ミキ支部長が名前貸しをするのはいつもの事であり、おかしなところは無かった。

「はい。ですが昨日またしてもミキ支部長の名でスキルオーブの出品予約が入りました。今度のスキルは『迅速』です」

「『迅速』ですって？　『俊足』ではなく？」

「はい。調べてみましたが、同時に第二層で新種のレアモンスターの報告があったようです。その相手からのドロップと見て間違いないでしょう。お嬢様はこれをどう思われますか」

未発見のレアモンスターの発見、及び討伐にはある程度の実力と共に一定の『運』が必要になる。これは上級の冒険者であれば誰もが知っている事であり、公然の秘密だ。『運』は非常に重要なステータスである反面、とてもデリケートであり、とある理由から気軽に扱うと取り返しがつかない事で有名だった。その為、『運』は上位に行けば行くほど今の地位とステータスを手放す事になる可能性が高く、誰もが踏ん切りがつかずに手出しが出来ないでいた。だが、支部長が庇う必要がある程度の人物が、それを為したというのがどうにも引っかかる。

「まだ、誰も動いていませんわね？」

「恐らく」

その禁忌に手を出した若きひな鳥が、『初心者ダンジョン』にいる。動くには十分だった。

「また、先日の落札後に金の動きを追った所、武器と防具が1セットずつ取引されていました。名義は2つに分かれておりましたが、どちらも性は『早乙女』でした。恐らく、お嬢様がよく知る人物かと」

「……先輩達には学生時代にお世話になりましたが、それはそれですわ」

「また、彼女達は同じ人物の専属に就いているようですね」

「あの2人が対応しているのであれば、もう確定ですわね。アイラ、その方を落としに行きますわよ」

「お任せを」

少女が立ち上がると、メイドは鞄を開く。すると次の瞬間にはテーブルもチェアもパラソルも。カフェの備品と思われた物は全て消え去り、周囲を覆っていた光の壁も消えてなくなった。

『グル？』

『クケケ！』

消えた壁の向こうから、突如としてモンスターが姿を現した。どうやら休憩をしている間に、結界の外に再出現していたようだ。

『グルルル』

『クケケケ』

モンスター達は獲物の発見に歓喜し、唸り声を上げてにじり寄って来る。周囲を囲むモンスターの数、7体。だが少女もメイドも、モンスターの行動を意に介さない様子だった。

「邪魔ですわ」

少女が腰に下げていた杖を振るうと、正面にいたモンスターはたちまちに燃え上がり煙となって消える。少女が1体のモンスターと戦っている間に、メイドはその周囲にいた全てのモンスターを煙に変えていた。

「さあ、帰りますわよ！」

「はい、お嬢様」

彼女達との邂逅まで、あとわずか。

あとがき

この本を手に取ってくださった方、初めまして。皇　雪火と申します。

Ｗｅｂ版からの読者様方は、こちらでも読んでいただきありがとうございます。

この度は、本作品「レベルガチャ」を手に取って下さり、本当に有難う御座いました。

今回の書籍化は、Ｗｅｂで投稿を開始してから早２ヶ月と、短い期間でお声をかけて頂けたので、驚き半分嬉しさ半分といったところでした。まあ、その時点で投稿数は１００話を軽く超えていたんですが。そういう事もあり、書籍化の作業は話に聞くほど大変ということもなく、毎日投稿を継続しながら、内容を書き加えつつ完成させる事が出来ました。

順調に販売までこぎつける事が出来ていれば、第１話の投稿から丸１年で書籍化発売という運びとなっているはずですが……。さて、どうなっている事でしょう？


まあそんな話はさておき、せっかくのあとがきです。本作品が生まれた経緯でもお話ししたいと思います。まずファンタジー作品において『ガチャ』という題材は、非常によくあるジャンルであると私は思っています。そんなガチャですが、いくつか種類がありますよね。

１つは、無尽蔵にガチャが引ける『無限型』。

1つは、対価を払う事でガチャが引ける『対価型』。

1つは、条件を満たすことでガチャが引ける『条件型』。

1つは、時間経過でガチャが引ける『時間型』。


そんな中で、本作品は2番目の『対価型』になると思います。その対価に相応しい物は何かと考えた時、よくあるのが冒険をする中で勝手に増えていくものが浮かびました。例として、『お金』や『アイテム』が挙げられますよね。ですが、冒険の中で増えていく代表格としてもう1つ、『レベル』という、ファンタジーには切っても切れない物があるではないですか。

ならば、『レベル』を消費する『対価型』があってもいいのでは？

そう考えた私は、ネットで『レベルガチャ』で検索してみました。どうせネットの海ならば、そういった題材も既にあるはずだろうと。しかし、私の期待は裏切られました。「グーグル」でも「小説家になろう」でも「カクヨム」でも。まるで『レベルガチャ』でヒットしません。

後者の2サイトではまさかの0ヒットでした。それがあまりに衝撃で、当時は「なんでぇ!?」と驚いたものです。それがたしか昨年の11月ごろだったかと思います。

そうして怠惰な時間を過ごし、気が付けば年が明けるまで1週間余り。今年もなにも為せなかったなとぼんやりネットサーフィンをしていた時の事。

「そういえば『レベルガチャ』って、まだ検索してもヒットしないのかな？」

ふと気になって調べてみれば、やっぱり無い。

「何故この題材で誰も作らないのか。絶対面白そうなのに。……なら自分で作るか」

そう思い至ったのが、投稿開始の3日前。12月22日でした。

そこから『レベルガチャ』に付随する設定を考え、思いつくままに話を書きなぐり、5話ほど書いて話の流れに違和感がない事を確認し、投稿を開始。そしてありがたい事に、現代ファンタジー部門で日間1位、週間1位、月間1位、四半期1位という栄誉を順番に賜る夢が叶いました。

最初は毎日2話。日によっては3話4話と投稿することもありつつ、4章の途中から1話ずつに切り替えて、今日まで走り続けてきました。


正直言って、主人公のショウタ君は『レベルガチャ』世界においても割と異常者です。元からこうなのか、周囲から白い目で見られた結果こうなったのかは定かではありませんが、いくらアキが可愛いとはいえ、あんな辺鄙な場所に3年も通い続ける奴が普通な訳がありません。

彼は欲望に忠実ではあるのですが、忠実過ぎて他の大事な部分が抜け落ちてます。そんな彼がこの先、ダンジョンの秘密をどう暴いていくのか。

これからも温かく見守って頂けたら幸いです。

2巻では、Web版ではお馴染みのあの2人が登場します。お楽しみに！


そして、この場を借りてお礼を。

作品のキャラクター達に、素敵なイラストで表現してくださった夜ノみつき様。ふんわりとしたイメージしかなかったアキとマキを美少女に仕上げてくださり、心から感謝しています。そしてホブゴブリンという怪物を相手に、初見なのに笑いながら立ち向かうイカれたショウタ君も最高でした。素晴らしい表紙や挿絵を描いて頂いて、感無量です。

最後に、この作品の書籍化を決めて下さったＴＯブックス様。初の書籍化作業で今後の展望に不安を感じる私に、懇切丁寧に説明してくださった担当様。そしてこの本の出版に携わって下さった全ての方々に、心からの感謝を。

皇　雪火

コミカライズ決定！
著：皇雪火
イラスト：夜ノみつき
狩りますか！
ハート《810》ダンジョンで
レアモンスター探索！
Level gacha
レベルガチャ2
～ハズレステータス『運』が結局一番重要だった件～

デートのついでに
ダンジョンデートって何!?
2024年春
第2巻発売予定!!
力を得た不屈の男がダンジョンに隠された秘密を暴いていく物語

レベルガチャ
～ハズレステータス『運』が結局一番重要だった件～

2024年1月1日　第1刷発行

著　者　皇 雪火

発行者　本田武市

発行所　TOブックス
〒150-0002
東京都渋谷区渋谷三丁目1番1号　PMO渋谷Ⅱ　11階
TEL 0120-933-772（営業フリーダイヤル）
FAX 050-3156-0508

印刷・製本　中央精版印刷株式会社

ISBN978-4-86794-032-7